SHORT CLASSICS
短经典精选

SOMMERHAUS, SPÄTER

Judith Hermann

在奥德河的这一边

〔德〕尤迪特·海尔曼 著 任国强 戴英杰 译

人民文学出版社
PEOPLE'S LITERATURE PUBLISHING HOUSE

著作权合同登记号　01－2023－3115

Judith Hermann
SOMMERHAUS，SPÄTER

图书在版编目(CIP)数据

在奥德河的这一边/(德)尤迪特·海尔曼著；
任国强，戴英杰译.—北京：人民文学出版社，2024
(短经典精选)
ISBN 978-7-02-018295-4

Ⅰ.①在…　Ⅱ.①尤…　②任…　③戴…　Ⅲ.①短篇小说-小说集-德国-现代　Ⅳ.①I516.45

中国国家版本馆CIP数据核字(2023)第195901号

总 策 划　**黄育海**
责任编辑　**朱卫净　骆玉龙**

出版发行　**人民文学出版社**
社　　址　**北京市朝内大街166号**
邮政编码　**100705**

印　　刷　**凸版艺彩(东莞)印刷有限公司**
经　　销　**全国新华书店等**

开　　本　**889毫米×1194毫米　1/32**
印　　张　**5.875**
字　　数　**109千字**
版　　次　**2024年1月北京第1版**
印　　次　**2024年1月第1次印刷**

书　　号　**978-7-02-018295-4**
定　　价　**59.00元**

如有印装质量问题，请与本社图书销售中心调换。电话：010－65233595

SHORT CLASSICS

短经典精选

献给 F.M.和 M.M.

医生说我会好起来的

但是我感觉忧郁

——汤姆·威兹[1],《我曾有过一个姑娘》

① 汤姆·威兹(Tom Waits, 1949—),美国摇滚歌手。

目录

红珊瑚手镯

我第一次，也是唯一一次去看治疗医师就搭上了那只红珊瑚手镯还有我的恋人。

那只红珊瑚手镯出自俄国，确切地说，出自彼得堡，已经上百年了。我曾祖母把它戴在左手腕上，它要了我曾祖父的命，这就是我要讲的故事？我没把握。没十分把握。

我曾祖母很漂亮，她随曾祖父去了俄国，因为曾祖父在那里给俄国人建炼钢炉。曾祖父在彼得堡瓦西里岛上给我曾祖母买了栋大宅子，瓦西里岛由大小涅瓦河冲刷而成，要是曾祖母在马利广场上的宅子里踮起脚往窗外眺望的话，大概会看见那条河，还有宽阔的喀琅施塔得湾。然而我曾祖母不愿看到那条河和喀琅施塔得湾，不愿看到马利广场上高大漂亮的房子。我的曾祖母不愿往窗外眺望一个陌生的国度，她拉上厚重的红天鹅绒窗帘，关上所有房门，地毯吞噬了一切声响。曾祖母闲散地坐在沙发上，坐在沙发椅和有天盖的卧榻上来回晃着，思念着德国。马利广场上大宅里的光线昏暗朦胧，仿佛一种海底的光线，曾祖母或许想到过这异国他乡、彼得堡城，整个俄国不过是一个深沉的、朦胧的梦，她不久便会从中苏醒。

我曾祖父却跑遍全国给俄国人建炼钢炉，他建起立式焙烧炉、煅烧炉、火焰炉、反射炉还有利弗莫尔炉。他长期滞留在外，给我曾祖母写信，每当这些书信寄到时，曾祖母就把窗户上厚重的红天鹅绒窗帘稍稍朝边上拉拉，在一道狭窄的日光缝隙中读起信来：*我要给你讲讲，我们在这儿正在建造的哈森克勒费尔炉是由几个马弗炉组成的，这几个马弗炉由垂直管道连接起来并通过炉箅火焰增温——你回想一下我在荷尔斯泰因的布洛梅荒野建造的那座坩埚炉，就是你当时特别喜欢的那座——这么一来哈森克勒费尔炉上的矿石启动后就装进最上面一个马弗炉，还有……*读这些来信把我曾祖母搞得筋疲力尽，她已经回忆不起布洛梅荒野上的那座坩埚炉，但是能回忆起布洛梅荒野来，回忆起那里的牧场和平川，回忆起田野上的草垛子，还有夏日苹果酒那甜甜的、淡淡的口感。她再度使房间沉陷进朦胧的光线中，疲惫地躺在一张沙发上喃喃自语：“布洛梅荒野，布洛梅荒野。”这听上去像是一首童谣，像是一支催眠曲，听上去美妙动人。

这几年除了外国商人和他们的家眷外，在彼得堡瓦西里岛上还居住着许多俄国艺术家和学者，这些人少不了对那个德国女人、那个美人、那个浅黄色头发的冰清玉洁样儿的人有所耳闻，说是她就住在马利广场的顶端，几乎总是形单影只地待在屋里，就跟大海一般神秘、柔媚和沉静。艺术家和学者前来登门拜访，曾祖母用纤细无力的手指示意他们进来，她寡言少语，几乎什么也听不懂，在忧郁的眼睑下慵懒地、像是在梦中一般地观望着。艺术家和学者在厚软的沙发和沙发椅上落座，深深陷进深色厚实的靠背、坐垫织物当中，女仆端上肉桂红茶、越橘果子酱和黑梅果子酱，曾祖母在俄式铜暖壶上焐着自己冰凉的双手，疲倦得都无力打发走那些艺术家和学者。他们就这么待着，注视着我曾祖母，曾祖母连同朦胧的光线熔化成了某种忧伤的、美丽的、异乎寻常的东西，而正因为忧伤、美丽和异乎寻常是俄罗斯魂灵的精髓，艺术家和学者迷恋上了我曾祖母，我曾祖母则由着他们去倾慕她。

我曾祖父长期在外，所以我曾祖母长期由着人去爱她。这事她做得小心翼翼、细心周密，几乎没出过差错。她在俄式铜暖壶上焐着自己冰凉的双手，在她一个个倾慕者炽热的心头焐着她那冰冷发抖的灵魂，她学会了从那种陌生温柔的语言中听出这样的话来：

“你这所有桦树中最娇嫩的一株。”她在一线狭窄的日光缝隙中阅读那些有关熔炼炉、德维尔①式炉、烘焙炉的来信并在壁炉里把它们统统烧掉。她任由别人去倾慕她，夜来入睡前独自哼唱着布洛梅荒野的歌曲，要是她那些倾慕者探询地注视着她，她就含笑不语。

曾祖父答应很快就回来，很快就和她返回德国，然而他没来。

第一、第二、第三个彼得堡的冬天过去，曾祖父还总在俄罗斯广袤的大地上忙着建炼钢炉，而我曾祖母还总在等待着她能回到故乡、回到德国。她给他往泰加②写信，他回信说很快就到，只须再走一趟，就最后一趟——然后就，然后就，他答应他们就启程。

他回来的晚上，曾祖母坐在她卧室镜子前梳理她淡黄色的头发，镜子前一个小盒里放着她的倾慕者送的礼物。有格里高利送的胸针；尼基塔送的戒指；阿列克塞的珍珠和丝绒带；耶梅利安的鬈发；米夏尔和伊佳的一些挂在项链上的小饰盒、护身符和银头饰。

---

① 德维尔(Sainte-Claire Deville, 1818—1881)，法国化学研究家，最早发明用经济的方式制铝。

② 泰加(Taiga)，多指西伯利亚的亚寒带针叶林带。

小盒里还有尼古拉·塞尔格耶维奇的那只红珊瑚手镯，手镯上六百七十五颗小珊瑚串在一条丝线上，咄咄逼人地闪耀着红光。曾祖母把梳子搁在怀里，极为舒缓地合上眼。她重新睁开眼睛，从小盒里取出红珊瑚手镯系在左手腕上，她的肌肤白皙。

这天晚上，她三年来第一次和我曾祖父就餐。曾祖父用俄语侃侃而谈，含笑端详着曾祖母，曾祖母双手合十放在膝间微笑相迎。曾祖父谈论着草原，谈论着荒野，谈论着俄罗斯的白夜，他大谈炼钢炉，还叫出它们的德文名称，后来我曾祖母点了点头，似乎全明白了。曾祖父用俄语说他还得再去一趟符拉迪沃斯托克，他边说边用手抓着吃派美尼①，拿手揩去嘴上的油，说符拉迪沃斯托克是最后一站，然后就是打道回府的时候了，回德国，或者她还要在这儿待下去？

曾祖母听不明白他在说什么，但她听懂了“符拉迪沃斯托克”这个词，于是她把双手放在桌上，那只珊瑚手镯在白皙的左手腕上咄咄逼人地闪耀着红光。

曾祖父盯着那只珊瑚手镯，把剩下的派美尼放回盘中，在亚麻

---

① 派美尼(Pelmeni)，俄国水饺。

布餐巾上擦干净手，示意女仆出去。他用德语说：“这是什么？”

曾祖母说：“手镯。”

曾祖父说：“从哪儿弄来的这玩意儿，如果允许我问的话？”

曾祖母非常轻柔地说：“求之不得，你早就该问了。这是尼古拉·塞尔格耶维奇的礼物。”

曾祖父又把女仆叫进来，派她到他朋友伊萨克·巴鲁夫那儿去。伊萨克·巴鲁夫来了，他躬腰驼背，一副萎靡不振、糊里糊涂的样子。都大半夜了，他还一个劲儿地抹着自己尚未梳理的头发，我曾祖父与伊萨克·巴鲁夫商量着，激动地在屋里到处乱窜，伊萨克·巴鲁夫徒劳地说着些宽慰人的话，一些令我曾祖母想起她那些倾慕者的话。曾祖母疲惫不堪地躺倒在那些柔软的沙发椅中的一把上面，把冰凉的双手放在俄式铜暖壶上。曾祖父和伊萨克·巴鲁夫说着俄语，曾祖母除了证人和彼得洛夫斯基公园外没再听懂些什么，女仆拿着一封信被支遣出去，钻进夜幕之中。天蒙蒙亮时，曾祖父和伊萨克·巴鲁夫就离开了宅子，曾祖母在柔软的沙发上睡着了，腕上戴着红珊瑚手镯的纤纤细手黯然无光地从扶手上垂坠下来，房间昏暗寂静得就像海底。

将近中午，伊萨克·巴鲁夫回来了，在行以繁多的屈膝礼和致哀之余告诉曾祖母，曾祖父在早上八点钟已经去世，尼古拉·塞尔格耶维奇在彼得洛夫斯基公园的小丘上一枪打在他心脏正中。

曾祖母等了七个月，于一九〇五年一月二十日，也就是在革命爆发的最初几天，生下了我祖母并收拾起她的箱子返回德国。据说她到柏林那趟列车是离开彼得堡的最后一趟，赶在了铁路工人罢工以及俄国与国外交通中断之前。当所有的车门关闭、火车头将滚滚白烟吐进冬日的天空时，在远远的站台尽头出现了伊萨克·巴鲁夫躬腰驼背的身影，我曾祖母看见他过来，命令列车员等着，就这样，伊萨克·巴鲁夫在最后一秒钟爬上了德国列车。在前往柏林的漫长旅途中，他陪伴着曾祖母，拎着她的箱子、帽盒还有手提包，不失时机地一而再、再而三向她保证他终生的感激之情。我曾祖母宽解地含笑注视着他，并不发话，她左手腕上戴着那只红珊瑚手镯，柳条筐中我那小不点儿祖母比之于我曾祖父来，在那时候就已经长得更像尼古拉·塞尔格耶维奇。

我第一次，也是唯一一次去看治疗医师就搭上了那只红珊瑚手镯还有我的恋人。

我的恋人长我十岁，长得像条鱼。他长着鱼肚白的眼睛、鱼肚白的皮肤，像条死鱼。他整天就躺在床上，冷漠加沉默，感觉糟透了。他懒散地躺在床上，真要是发出声来，就这么一句："我对自己没兴趣。"这就是我想要讲的故事？

我不知道，我确实是不知道。

我的恋人是伊萨克·巴鲁夫的曾孙，在他细细的血管里流淌着俄罗斯-德意志的血液。伊萨克·巴鲁夫终生对我曾祖母忠心耿耿，可就是娶走了她的波莫瑞①籍女仆，他和她生了七个孩子，这七个孩子又回馈给他七个孙子，这七个孙子中的一个给他送上了他唯一的曾孙——我的恋人。在一次夏日风暴中，我恋人的父母淹死在湖里，曾祖母嘱咐我去参加他们的葬礼——说是彼得堡经历的最后见证人埋在了勃兰登堡那边的泥土里，连同他们一起还有她本人不愿多讲的故事。所以我参加了伊萨克·巴鲁夫的孙子和他妻子的葬礼，我的恋人站在他们的墓穴旁滴了三滴空虚的眼泪，我把他冰凉的手握在手中，他回家时，我与他同行，我估摸着或许能拿那些彼得堡的故事来安慰他，我估摸着或许他会把那些故事讲给我听，再重新讲上一次。

然而我的恋人就是一声不吭，而且什么都不想听。他压根儿就对一九〇五年那个冬日早晨一无所知，而就在那个早晨我曾祖母拦住了火车，好让他曾祖父得以逃脱，还是在最后的刹那间。我的恋人就这么懒散地躺在床上，真要是开口，就这么一句："我对自己

---

① 亦称"波美拉尼亚"，欧洲历史地区名，大部分领土现属波兰。居民属波兰人，次为德意志人。

没兴趣。”他的房间里冷冰冰的，并且满是灰尘，正对着公墓，墓园不断地敲着丧钟，每次我踮起脚从窗户望去，就能看见新挖的墓穴、一束束丁香和一群群吊唁的人。我常常坐在房间一角的地板上，抱着膝盖轻轻地把结成了絮状的灰尘吹得满屋都是；对自己本人没兴趣，这真叫我吃惊，而我只对自己感兴趣。我观察着我的恋人，我的恋人在打量着他的身体，就好像他已经死去。有时候我们怀着敌意做爱，我咬他发咸味的嘴唇，我有种我挺瘦小的感觉，尽管我并非如此，我能够像是我已不再是我自己那样行事。光线透过窗前的树木照进来都是绿莹莹的，那是一种明亮如水的光线，一种像是湖边上的光线，尘絮就像海藻和海草一样满屋子飘荡。

我的恋人神情凄迷，我十分关切地问他是不是我不该去讲什么俄罗斯的小故事，我的恋人令人困惑不解地回答说这些都已经过去，他不想再听了，尤其是我不该拿自己的事与别的故事混为一谈。我问：“那你是有自个儿的故事了？”我的恋人说没，他没有，然而他一周去医生那里两次，他看的是治疗医师，他不准我陪他，拒绝给我讲涉及治疗医师的什么话，他说：“我说说我自己，就这些。”当我问他是否谈到他对自己没兴趣时，他充满轻蔑地盯着我一声不吭。

所以我的恋人沉默不语，要么就来上那么一句，我也沉默不语，开始考虑起这位治疗医师来。我的思维能力向来跟我的光脚板一样满是尘土，我想象起坐在治疗医师的诊疗室里谈论着自己，我没有我都应该说些什么的概念，从我跟我的恋人在一起以来，我确实有好长时间没说过话了，我几乎不跟他说话，他差不多从不和我交谈，他总是就说这么一句，有那么些瞬间，我都以为语言唯独是由这七个字构成的：“我对自己没兴趣。”

我开始满脑子想着那位治疗医师。光是一想到在他陌生的诊疗室里的那种交谈，我就挺高兴的。我年方二十，无所事事，左手腕上戴着一只红珊瑚手镯，对我曾祖母的故事烂熟于心，我都能在想象中走遍马利广场上那栋昏暗、朦胧的住宅。我从祖母的眼睛里看见了尼古拉·塞尔格耶维奇，如烟的往事如此紧密地与我交织在一起，以至于有时候让我觉得就像是我自己的生平一样。我曾祖母的往事就是我的往事，可没有了曾祖母我自己的往事又在哪儿呢？这我不知道。

日子停止不动，就像在水底下一样。我坐在恋人的房间，脚脖子上满是灰尘，我抱膝而坐，把头搭在膝盖上，用食指把一些符号画在灰溜溜的地板上，神思恍惚地陷入到我也说不上是什么的东西之中。看来岁月就这么流逝着，我就这么延续着，对此我能说些什么呢？偶尔我曾祖母过来用瘦骨嶙峋的手敲门，喊着，我得出来跟她回家，她的声音像是从远方穿过包裹着房门的灰尘透进来，我一动不动，也不去回答她。我的恋人躺在床上用毫无表情的眼睛死盯着天花板，纹丝不动。曾祖母呼叫着并且拿我儿时的小名来诱惑我——小心肝、小胡桃树、宝贝小眼睛，她用瘦骨嶙峋的手坚韧不拔地敲打着门，直到我得意扬扬地喊了句“是你把我支到他这儿，你现在得等出个结果来”她才走开。

我听着她在楼梯上的脚步声越来越小，门上由于她敲打而扬起来的尘絮沉落下来叠成厚厚的绒毛，我凝视着我的恋人说：“你真的就不想听红珊瑚手镯的故事？”

我的恋人躺在床上一脸煎熬地转向我，伸开鱼肚白色的双手，慢慢叉开手指，他那鱼肚白色的眼球从眼窝中稍稍凸出，房间的寂静就像湖面上有人扔进了石子，泛起层层涟漪。我给恋人看我的胳膊和手腕上的红珊瑚手镯，恋人说：“这种属角质珊瑚目，长有一米高的幼茎，还有钙质红色骨骼，钙。”

我的恋人说话咬舌头，说话慢慢吞吞而且口齿不清，像是喝醉了酒，他说：“它们生长在萨丁岛和西西里岛沿岸海域，的黎波里①、突尼斯和阿尔及利亚一带都有，那儿的海水蓝得就像绿松

① 的黎波里（Tripolis），利比亚首都。

石，很深，可以游泳和潜水，水温高……”他又从我面前转过身，深深叹了口气，双脚踢了两下墙，然后静静地躺着。

我说：“听着！我想讲讲故事，讲那些彼得堡的故事，有年头的故事，我要讲，好解脱出来，也好接着往前走。”

我的恋人说：“我不想听这些。”

我说：“那我就讲给你的治疗医师听。”恋人马上坐起身，急促地喘气，以至于几缕尘絮气流般地在他急忙张大的嘴里消失了，他说：“你跟我的治疗医师大概根本就没什么可讲的，想去谁那儿去谁那儿，就是不能去我治疗师那儿。”他咳嗽起来都波及到了光溜溜的灰白色胸脯，我禁不住笑了，因为我的恋人还从来没有一连说过这么多话，他说：“你大概不会和一个连我都不和他谈论我的人去谈论我，这不可能。”我说：“我不想谈论你，我就想讲这个故事，而我的故事就是你的故事。”是的，我们相互动起手来，我的恋人威胁要甩了我，他抓着我不放手，揪我的头发，咬我的手还又抓又挠。一股风穿堂而过，所有窗户突然大敞，墓园上的丧钟大作，尘絮像肥皂泡一样飘了出去。我推开我的恋人，狠狠拉开房门，实实在在地感觉到穷极无聊，当我走时，都能听见尘絮的轻柔落地声，我的恋人一声不吭地站在床边，还是那鱼肚白色的眼睛和鱼肚白色的皮肤。

治疗医师——就为了他我才失去了那副红珊瑚手镯还有我的恋人——坐在一间大屋子里的写字台后面，这间屋子真够大的，一直到这张写字台，到那后面的治疗医师和这前面的矮椅子几乎是空荡荡的。房间地板铺着柔软的海蓝色、深蓝色地毯。在我走进他的房间时，治疗医师庄重、坦率地注视着我，我朝他走去，有一种直到最终伸手触摸到他写字台前那把椅子时，我还得朝着他走上好久好久的感觉。我想到往常都是我的恋人坐在这把椅子上，并且围绕着他自己——围绕着什么呢？——述说着，我觉得有点儿沮丧。我坐了下来，治疗医师向我点点头，我也点点头，目不转睛地看着他。我等着开始，等着开始交谈，等着他的第一个问题。治疗医师也凝视着我，直到我垂下目光为止，但他什么也没说，沉默不语，他的沉默叫我想到了什么。异乎寻常的寂静，某处我看不见的钟表在滴答作响，风在高大的房屋周围穿梭回旋，我看着我两脚中间海蓝色、深蓝色的地毯，烦躁不安地揪着红珊瑚手镯的丝线。治疗医师叹口气，我抬起头，他用那支针尖一般细的铅笔笔芯轻轻敲击着光洁明亮的写字台桌面，我尴尬地笑了笑，他说：“您有什么事儿？”

我吸口气，抬起双手又放下，想说我对自己没兴趣来着，我在想，这是撒谎，我只对自己感兴趣。就这个？也就是说根本就没啥？只是疲乏无力，还有空虚无聊、平静无奇的日子，一种像是鱼在水中的生活和没头没脑地失笑？我是想说我身上有太多给我的生活带来苦恼的故事，我在想，我要是跟我的恋人在一块儿就好了，我吸口气，治疗医师马上张开嘴睁大眼，我在扯着红珊瑚手镯上的丝线，线断了，六百七十五颗红得咄咄逼人的小珊瑚流光溢彩地在我干瘦的手腕上绽开。

我死盯着我的手腕，傻了，手腕白晃晃的，光着；我死盯着治疗医师，治疗医师往后靠着坐在椅子上。铅笔这时平行搁在他面前的写字台边上，他双手合拢放在膝间。我用手蒙住脸，从椅子上滑落在海蓝色、深蓝色的地毯上。六百七十五颗珊瑚四散撒满了整个屋子，它们从来没有像现在这样咄咄逼人地闪着红光。我在地上到处乱爬，把它们一粒一粒捡起，珊瑚珠在写字台下，在治疗医师脚下，在我碰着它时，他稍稍往回缩了缩，写字台下光线昏暗，然而红珊瑚却是光彩熠熠。

我想到了尼古拉 · 塞尔格耶维奇，我在想，要是他没送给我曾祖母这些红珊瑚就好了，要是他没射中我曾祖父的心口就好了；我想到了躬腰驼背的伊萨克 · 巴鲁夫，我在想，要是他没离开俄国就好了，要是曾祖母没有为了他而把火车拦下来就好了；我想到了我的恋人，那条鱼，我在想，要是他不再老是不吭声就好了，那我现在就不会非得在治疗医师的写字台下面来回乱爬了。我看见治疗医师的裤腿、合拢的双手，都能闻到他身上的气味，我一头撞在了写字台桌面上。我在写字台下面搜集着红珊瑚，又爬到亮处，接着满屋爬，右手捡起珊瑚搁在左手里，我哭了起来。跪在柔软的海蓝色、深蓝色的地毯上，我看着治疗医师，治疗医师看着我，是从他坐着的椅子上看，还合拢着双手。我左手满把都是珊瑚珠，可是四周还是在发光闪烁，我在想，我怕是得花一生的时间才能捡起所有这些珊瑚；我在想，恐怕我永远都捡不完，这辈子都不行。我站起来，治疗医师俯身向前倾，拿起桌上的铅笔说："今天治疗就到这儿。"

我把红珊瑚从左手倒腾到右手，珊瑚发出一种悦耳柔和的响声，像是发出一阵浅笑，我举起右手猛地把红珊瑚甩向治疗医师，治疗医师缩成一团，红珊瑚噼里啪啦地打在他的写字台上，连同这些珊瑚珠一起，整个彼得堡、大小涅瓦河、曾祖母、伊萨克·巴鲁夫和尼古拉·塞尔格耶维奇、柳条筐里的祖母、恋人、那条鱼、伏尔加河、卢加河、纳罗瓦河、黑海、里海，还有爱琴海、波斯湾、大西洋都在噼啪作响。

世上的海水涌到治疗医师的写字台上，形成巨大的绿色波涛，把他从椅子上卷走，水势猛涨，高高托起那张桌子，翻滚的浪尖上又露出过一回治疗医师那张脸，然后就不见了，海水翻滚着、冲击着、轰鸣着、上涨着，一股脑冲走了那些故事、那片死寂和那些珊瑚，把它们冲回海藻林中，冲回贝壳礁上，冲回到海底深处。我透了口气。

我又去看望过一次我的恋人。我知道，他挺着毫无血色的肚皮黏在湿漉漉的床上。光线昏暗得跟在湖底一样，他头发上缠满了尘絮，还在微微颤动。我说："你清楚珊瑚在海底时间太长了会变黑的。"我又说："这就是我要讲的故事。"然而我的恋人再不会听我的话了。

飓　风

这游戏叫“自己—这么—想象——种—生活”。如果傍晚坐在岛上布伦托那儿，就可以玩这种游戏。得要抽上两三支烟，品着兑了可乐的朗姆酒，不错的是膝上还依偎着一个熟睡的岛上孩子，头发有一股海沙味儿；还得是晴空万里，最好是星光灿烂；天气得炎热才行，大概还得是闷热。这游戏叫“自己—这么—想象——种—生活”，它没什么规则。

“你想象一下，”诺拉说，“你自己想象一下。”

收音机里一天有三四次飓风报道。卡斯帕说，要是每小时报道一次的话，情况就严重了，那就会敦促岛上居民到专门防护区里去，德国人可以让大使馆安排飞往美国。卡斯帕十分坚决地说：“我不离开岛。”他决意留下，他估计整个斯托尼和斯诺夫山冈的人都会到他那里去避难。这个岛屿位于热带凹地低气压区，诺拉和克里斯蒂娜坐在让骄阳烤干了的游廊木板上，出神地自言自语：“热带凹地，热带……”

天气酷热难当，厚重的白云在青翠的山峦上纹丝不动。气象学家命名为“贝尔塔”的飓风在加勒比海遥远的海面生成，它没有移动，像是在积蓄能量来对付古巴、哥斯达黎加，来对付这个岛屿。

“卡特打了罗薇，”后来诺拉给已经回城的克里斯蒂娜写道，“卡特打了罗薇，罗薇也打了卡特，亲爱的克里斯蒂娜，并不真的是你的错。卡斯帕话说得太多，我喜欢你，我喜欢你，削着些木头鸟儿，真该让我哪怕能独自待上一回，最亲爱的克里斯蒂娜，你不在让我好惦念你……”克里斯蒂娜盘腿坐在厨桌旁读信，信纸里纷纷扬扬落下来些沙子，她奇怪事情总有个效应，纵使她远离那个海岛，也还是感到倦意浓浓。

卡斯帕清楚克里斯蒂娜吻过卡特，就在她在岛上的最后一个夜晚。他们开着吉普下山，去了斯托尼山冈。“你就带我们到布伦托广场吧，好吗？”克里斯蒂娜央求着，眼睛睁得大大的。卡斯帕叫人给说动了，他喜欢克里斯蒂娜把布伦托的店面——荫蔽在面包树下那间村里的小木板屋——称为“布伦托广场”的说法，在那儿可以喝上栗色朗姆酒，单买克雷文A牌香烟，老年人锲而不舍、全神贯注地玩着多米诺骨牌。从布伦托的收音机里传出拖得长长的、尖尖的口哨声，他们开着吉普下山，去了斯托尼山冈，云彩移到一边，让出空旷辽远、繁星点点的天空。

布伦托有了台新冰箱，克里斯蒂娜适宜地向他表达了钦佩之情，然而却又是心神不定，总是一个劲儿紧张地往外盯着茫茫暮色，朝林中空地边上卡特坐的长条椅那边望去——“他坐在那儿呢，还是没坐在那儿？”

卡斯帕很清楚卡特是在那儿坐着，卡特总坐在那儿，可卡斯帕还是说：“不知道！”并且对克里斯蒂娜那股怯生生的犹豫劲儿幸灾乐祸。克里斯蒂娜心烦意乱，忙不迭地喝着栗色朗姆酒，扯了扯诺拉的衣裙，然后就钻进暮色当中，被吞没掉了，接着她白白的、从竹条椅上吊下来的摇晃着的双腿又被人辨认出来。

“因为他用打火机发出喀嚓声。”她后来说，对自己的联想力颇为得意。而卡斯帕则又想起她脸上流露出明显的、倾心于某物并且与某物融为一体的那种苗头来。后来他和诺拉想回去时，喊了声她的名字，她起先根本没答话，几分钟后应了声“啊？”。是用一种还没完全睡醒的、软绵绵的声音说的，她从长椅上跳下来，默默地坐进吉普里，卡斯帕清楚她吻了卡特还给他许下了种种天晓得是什么样的诺言来，觉得很是不爽。

但是诺拉和克里斯蒂娜是第一回上岛。卡斯帕不失时机地天天提起这茬儿，还独自唠叨着，过了一周诺拉嘀咕了一句：“卡斯帕，够了吧，现在。”

“你们老是这么大惊小怪的，”卡斯帕说，“对个芝麻大点儿的事儿惊讶个没完，什么快瞧，番石榴，什么看呀，夜空，真可笑。”

克里斯蒂娜困倦地在吊床上打个哈欠，说：“卡斯帕，你在这儿太久了，你就生活在这儿，这是有区别的。”而卡斯帕仿佛打了胜仗般地发话：“所以我得说：诺拉和克里斯蒂娜是第一回上岛。”

卡斯帕不再大惊小怪。番石榴、芒果、番木瓜、大如小孩脑袋的柠檬、椰子、欧菱、藤本植物、杜鹃花。像青蛙一样蹦蹦跳跳穿房而过的蜘蛛，最小个儿的蝾螈，还有毒蜈蚣。阿奇果长得像苹果，吃起来味道像煎鸡蛋。芒果是从中间切开然后用勺子舀着吃。“你们渴了吧？”卡斯帕怜悯地说，从园子里拿来一个欧菱，剖开，把乳白色的汁液倒在杯子里。“真棒，”诺拉说，扮出个平生第一遭的表情，还来了句，“卡斯帕，别监视我。”

克里斯蒂娜把什么都攒起来，椰子壳、黑贝壳、阿奇果核儿、棕榈枝、火柴、蝴蝶翅膀。“你拿这干什么？”卡斯帕问。克里斯蒂娜说：“那还用说，拿给他们看呗，家里的。”卡斯帕答道：“这些他们不感兴趣。”

卡特在诺拉和克里斯蒂娜来了以后几乎天天都去卡斯帕那儿，这的确不是什么新鲜事儿，卡特常来，他和卡斯帕有交情，在农场帮忙，然而这种坚韧不拔劲儿——卡特眼下每天上午踏上去卡斯帕家那多石陡峭的山路，纵然热浪滚滚，背囊里装着芒果、番木瓜、柠檬，默默地把水果放在厨桌上然后坐到游廊上去，骤然陷入静止状态中去——让卡斯帕大为惊讶。他观察起卡特，卡特后仰着坐在蓝色游廊椅上，眼睛像通常那样半闭着，大麻吸得太多，一边用拇指开了关、关了又开地把打火机摆弄得喀嚓直响，一边在观察着诺拉和克里斯蒂娜。她俩依旧无动于衷，什么也没有察觉出来，天很热，她们俩太亲密了，感觉不到一个陌生人所费的心思。早上她们喝不加糖的纯咖啡，一连抽上五支克雷文 A 牌香烟，缠着卡斯帕讨欧菱汁喝，总要干点什么事儿，沿着草地跑，跑得没了踪影。卡斯帕觉得被撂在一边而怏怏不乐，诺拉倒是该给她自己多留点时间才对，毕竟这是她来访的动机呀。他说：“那时候。”他说：“你还知道。”他说：“我们，我们那时候在城里。”多奇怪的话，克里斯蒂娜嘲讽地扬了扬眉，诺拉往一边看。

“是有过那么一次，卡斯帕。”她说着吻了他的脸颊，她大概是想要一种新的友情，或者大概根本就什么都不想要。

“你们到底为什么来这儿？”卡斯帕接着问。诺拉不假思索地回答：“因为你邀请了我们。”或是说：“因为我有兴趣见见你，看你怎么在这儿生活，你是不是有了变化。”

“我变了吗？”卡斯帕问，“我来到这儿是为了改变我自己？”他不知如何回答，感觉受到了伤害，被撇在一边。

诺拉和克里斯蒂娜天天开着吉普下山去港口，然后去随便哪个海滩。“卡斯帕，一块儿去吗？”卡斯帕还是待在了山上，卡特也一样，他刚开始压根儿就没被问过，他动也不动地待在蓝椅子上。“那好，回头见。”诺拉的声音中听不出一丝一毫的失望，她驾驶着吉普沿着草场盘旋而下，开到狭窄的沙土路上，克里斯蒂娜夸张地挥手告别，有两三分钟时间还听得见发动机声，接着就只剩下一片寂静。

卡斯帕躺到吊床上，透过网眼观察起卡特来，这位正收回左脚，把右脚往前挪，挠挠头，又重新一动不动地坐着。他一直要待到傍晚，直到诺拉和克里斯蒂娜回来，待到吃完饭以后，估计还会睡在这儿，他昨天就已经这么做了，睡在厨房的旧沙发上。卡特睡在卡斯帕家倒是新鲜，这并不打扰卡斯帕，岛上的居民你来我往，到谁家也不会被问，待上一两天又走了，这都司空见惯了。卡斯帕大可到布伦托家，躺在他床上，在那儿待上个四天再回家，布伦托什么也不会去问他。卡斯帕也不问卡特，但是他想要知道卡特是不是对克里斯蒂娜或者诺拉想入非非了，对克里斯蒂娜？

克里斯蒂娜和诺拉从旁注视着卡特吃饭，卡特以一成不变的面部表情在吃着所有东西，脑袋微微向盘子前倾、斯多葛派般坚忍地将叉子朝着嘴里填送。他的左手伸展开放在桌上，右手握叉，他什么都吃，不动声色，从不发话，说这个不错或者是那个味道吃起来有点儿怪什么的；“他吃是因为饿了，”克里斯蒂娜想，“因为吃饭就是抑制饥饿而已，没别的。”她在一旁看着他，有时他用一双细小的眼睛盯着她看，直到她垂下目光为止。她给他往盘子里盛米饭、阿奇果和腌鱼，她喜欢给卡特往盘里盛吃的。

一天天傍晚漫长无边，克里斯蒂娜后来变得心神不定起来。诺拉躺在吊床上摆弄着笛格利杜①，往夜幕中吹奏各种悠长、低沉、颤动的音调，就这么她能消磨上好几个小时，也不会叫克里斯蒂娜搅乱了她。克里斯蒂娜双臂抱胸在游廊上晃来晃去，烦躁不安，闲得发慌。“卡斯帕，你为什么在这儿生活？”

① 笛格利杜(Digeridoo)，澳洲土著乐器。

卡斯帕站在草地上给杜鹃花浇水，克里斯蒂娜靠到离他两米远的廊柱上，一脸专注。卡斯帕不喜欢这种问题，不喜欢克里斯蒂娜那种焦虑不安，尽管如此他还是说："我想是因为我在这儿幸福吧，比在其他地方更幸福，我觉得。"

"为什么呢？"克里斯蒂娜说，想听个究竟，旋即感到无聊。

"你看看周围。"卡斯帕说，直起身来，指着热带丛林、大海、群山映照如火的晚霞，山下海湾港口里朦朦胧胧橘黄色的灯火。克里斯蒂娜跟随着他的视线，卡斯帕想到她来的第一个晚上是怎么抱着膝盖懒洋洋地坐在游廊上凝视着夜色，确实看了好久，非常平静。

"是呀，"她现在固执地说，"是呀，我明白。可你总得有点若有所失吧，就说我吧，像秋天、雪花、四季什么的。你就不是本地人，我是说你总还是对城市有所怀念吧，你的朋友，你从前的住所，这一切——你就不怀念吗？"

"不，我不怀念这些。"卡斯帕说，嗓音夹着恼火。

克里斯蒂娜慢慢从游廊上滑下来跟在他身后。

"这儿的人都聊些什么呀，卡斯帕，我不想一辈子都不得不去聊些番木瓜树和面包果，聊什么芒果、性、孩子。"

"你不必非得这么着。"卡斯帕说，克里斯蒂娜来了句："那还得做选择。"转身顺着草地往下面跑了。

“克里斯蒂娜。”卡斯帕在她后面喊着，这算一种和解的尝试，“明天滑翔员来！”克里斯蒂娜呢，早没了人影，回喊了一句：“那该死的飓风什么时候来？”

滑翔员一大早就来了，但是岛上的住户还是先于他到齐了。他们肯定是在天刚破晓时就上了路，因为当滑翔员驾驶着红色小轿车徐徐开到山上时，斯托尼和斯诺夫山冈的村民都已集合完毕坐在游廊上，一声不吭。“飞人。”卡特一如既往地坐在蓝椅子上大笑着说道，克里斯蒂娜斜眼偷偷观察着他，诺拉蹲在阴凉地上，抽着克雷文A牌香烟，喝着不加奶和糖的咖啡。滑翔员在草地上打开塑料罩，抽出杆子，汗流浃背，一个个地套着金属件。

天气酷热，太阳从天上直逼下来，几乎没有一丝风。卡斯帕自忖，这飞人怎么就想从这儿飞起来顺着山冈下去到港口，他把那个好大的出租车停车场选作着陆点。飞人戴上头盔，钻进一个像是睡袋的包里。“滑翔袋。”卡斯帕想。飞人现在看上去倒像是破蛹而出蜕变成另外一个物种之前的一只巨大的、发怒的昆虫。游廊上洋溢着克制的喜悦心情。

“飞人，飞。”诺拉轻声哼着，克里斯蒂娜蹲到她身旁咯咯直笑，几只老鹰在山冈上空盘旋，远处大海上一艘轮船在闪闪发光。卡特慢悠悠地赶走苍蝇闭上了眼，飞人起跑，草地在他的滑翔袋下簌簌作响，滑翔机升高，斯托尼和斯诺夫山冈队列中传出叽叽喳喳声，鹰在山冈上空翱翔，飞人猛地直起身，滑翔袋发出嘎嘎声，滑翔机飞了有四米远，随着一声沉闷的响声一头栽进草地边上的芦苇丛中。

有人起身进屋，克里斯蒂娜说："我去冲个澡。"早晨变成了晌午，在不知不觉中，远处那艘轮船正驶向港口，诺拉站在厨房榨芒果汁和番石榴汁，把冰捣碎。克里斯蒂娜淋着浴唱着歌，坐在蓝椅子上的卡特耷拉着脑袋睁开了眼。那些岛上住户跟卡斯帕一起到房子后头去查看新添的山羊，山里吹来一股微风，飞人再次匍匐前进，滑翔机发出哒哒声升了起来，一米高，接着两米，闪着蓝光，往上升，呈一条优美的直线离开草地朝丛林滑翔而去，侧斜着飞，越升越高。只有卡特看着滑翔机消失，丛林上一对小小的机翼，阳光被一根金属杆挡住，瞬间闪了一下，接着就不见了，与蔚蓝色的大海融为一体。卡特看着那艘差不多已进港口的轮船，那艘将驶往英国的白色的运送香蕉的货轮。

"你得学着等待，"晚上卡特说，诺拉和克里斯蒂娜都有些失望，因为她们没看到飞人起飞，“即便是等一些不起眼的事儿。”克里斯蒂娜目不转睛地看着他，卡特竟然跟她说话，这还是头一遭，她不知道自己此时是否应该认定这有点唐突放肆。她说：“这什么意思——不起眼的事儿。”卡特不答话，卡斯帕却笑起来说：“慢慢移动。像一艘海上的船。”克里斯蒂娜生气地离开了厨房。

电台把飓风报道提高到每天十二次，在哥斯达黎加实施了初步疏散措施，山下港口区的德国人与大使馆取得联系并登记前往美国的航班。飓风中心，卡斯帕说，倒是风平浪静。他购买乙醇、蜡烛、汽油、碘酒，还有创可贴、罐头肉和大米。

“要是飓风到了，”克里斯蒂娜犹豫不决地说，“那我就飞不回去了。”诺拉呢，她反正要多待一段时间，一言不发。

卡特等了十七天。在第十八天他突然从游廊的蓝椅子上一跃而起，一把抓住手拿笔和纸、嘴上叼着烟、正要进屋的克里斯蒂娜的手腕。

他说：“我喜欢你。”声音沙哑，就像是还没用过似的。克里斯蒂娜站住，用空着的手从嘴上拿掉香烟盯着他。他的睫毛呈一种不可思议的弧形朝上拱着，眼睛的虹膜由于吸食大麻都成了黄色。他的脸紧挨着她的脸，克里斯蒂娜打了个颤，他身上的气味不错。

卡特重复着："我喜欢你。"克里斯蒂娜突如其来地笑起来，说："是，我明白。"她从他手中扬起她的手腕，跑进屋去。

卡斯帕说："卡特有老婆孩子。"

克里斯蒂娜坐在他身旁的游廊上，赤着脚，像往常一样抱着膝，从芒果核上削下最后一块果肉，说："我知道，布伦托给我说过这事。"

卡斯帕说："知道了那你干什么？"

克里斯蒂娜撒手让芒果核落下，恼怒地盯着他说："什么都不干。我该干什么——这我都清楚，对我来说都无所谓。"

卡斯帕说："他老婆叫罗薇，人不在这儿，两周前回她娘家去了，因为卡特和另外一个姑娘好上了。"

克里斯蒂娜来回掏着芒果，舔干净手指头，心不在焉地朝山下港口望去："布伦托说卡特八成会否认这事儿。"

卡斯帕踢飞了她手里掉下来的芒果核，等着她发怒，然而克里斯蒂娜毫无反应，果核落到草地上。卡斯帕说："和这没关系。"可能他对着克里斯蒂娜的耳朵喊就好了，他觉得她并没有认真听他讲。"罗薇本来打算一周后就回来，可她直到今天还没到，卡特在等，不管他撒谎还是没撒谎，他可是在等着，你明白吗，等着她和他的孩子。"

“等着不起眼的事儿，”克里斯蒂娜挖苦地说，接着突然一脸天真吃惊状直愣愣看着卡斯帕的脸，“他大概不会接她回来吧，对吗？”

“不会，”卡斯帕说，“这不——符合常规，他绝不会去接她，可是他还是在等，如果她来了，他就回家。”

克里斯蒂娜从草地里捡出芒果核，感到胃里一阵抽搐，说道：“他说，他喜欢我。”

“我知道，”卡斯帕说，站起身，“你就是他们在这儿所说的一个白种女人，不是说你，说的是你的肤色，你可别瞎掺和。”克里斯蒂娜耸耸肩，把头贴到膝盖上。

装运香蕉的货轮停靠在码头上有一个星期了，卡斯帕思忖着，这样拖延停留时间是否也跟飓风报道有点儿关联；香蕉早已装载完毕，可水手们还是闲待在码头上，他们刷洗甲板，在阴凉地上躺着，一动不动，闷不做声地坐在酒吧里。他们像是蒙古人，和爱斯基摩人差不多，脸庞又圆又黑，眼睛乜斜。诺拉和克里斯蒂娜坐在栈桥边，挨着白色巨轮往上看，尽管烈日炎炎，上面甲板上的水手还穿着带兜帽的红色套头工装裤。

“这帮人驶往哥斯达黎加和古巴，”克里斯蒂娜说，“路过美国去欧洲，我真想坐这么一艘船旅行上一回，马上就走，我们可以问问他们能不能带上我们。”

诺拉没吭声，朝上看着那些蒙古水手，想仔细看清他们的眼睛，克里斯蒂娜把头依偎在诺拉肩头，觉得眼泪就要掉下来了。

“哎呀，克里斯蒂娜，”诺拉说，“在这儿叫作度假，叫作旅游，明白吗？没别的什么。你收拾你的箱子，三四个星期后再把它腾空。你来了，待下来，又走了。叫你难受的根本是其他什么东西。你就要飞回家了，快了，我们可不坐运送香蕉的船去古巴去哥斯达黎加。”

“你一块儿走吗？”克里斯蒂娜问。诺拉说：“不，我想，我在卡斯帕这儿再待上些时间。”克里斯蒂娜从侧面端详着她，然后一边说“到底是为了什么？”，一边眯起了眼睛。

诺拉耸耸肩：“可能是我同情他？可能是我觉得过去的事应当感谢他？可能是我觉得他需要有个伴儿？我不清楚，我无非就这么待着。”

克里斯蒂娜重复着：“你无非就这么待着。”接着笑了，说：“贝拉封特①的《再见，牙买加》，这首歌你熟吗？伤心地说，我已经上路，好长一段时间不再来。”

---

① 贝拉封特（Harry Belafonte，1927—2023），美国歌手，被誉为即兴歌曲之王，2000年获格莱美终身成就奖。

“我的心沉落，我已经混乱不堪。”诺拉唱着，咯咯笑起来，“卡特，和卡特怎么回事？”

“我不知道，”克里斯蒂娜说，“我来了，待下来，又走了，那能是什么呢。”

卡特傍晚挨着克里斯蒂娜坐到游廊上时，卡斯帕和诺拉起身进屋并把身后的门拉上，克里斯蒂娜吃惊地朝他们转过身，想说什么，但什么都没说。卡特默默地坐在她旁边，克里斯蒂娜也沉默着，她往下面看着草地，丛林里亮起灯光，几乎一点风都没有。克里斯蒂娜感觉卡特的手放在她头上，他解开她扎头发的皮筋儿，稍微有点疼，她的辫子散了，头发垂落在肩上，卡特把一绺头发绞在手指上，再轻轻捋平。克里斯蒂娜脖子和胳膊上起了鸡皮疙瘩，卡特把手放到她颈背上，克里斯蒂娜头往前倾，闭上眼睛。卡特的手在她颈背上轻轻使劲，克里斯蒂娜一阵眩晕。“就一夜。”卡特说。“不，”克里斯蒂娜说，“不行。”她站起来从他那儿拿回扎头发的皮筋儿。卡特低声笑着，伸开手掌轻轻拍了下自己的大腿。诺拉和卡斯帕一声不吭、神情紧张地坐在厨房里。“多谢了，”克里斯蒂娜说，“谢谢，这真是大可不必，扯淡。”她砰的一声猛地把身后的房门碰上，还推上了门闩。

“真走运。”卡斯帕说。诺拉问：“谁走运，克里斯蒂娜还是卡特？”

两天后罗薇来了，她突然出现在山冈边上，然后就站在了那儿，两个女人陪着她，一个在她头上撑着一把白色阳伞，另一个抱着孩子。罗薇站着一动不动，朝上看着那栋房子，卡特坐在蓝色的游廊椅子上，像往常一样半闭着眼，不好说他究竟是不是在看她。诺拉和克里斯蒂娜正在去沙滩的半道上，停住脚站在吉普车旁看着罗薇。“就是她。”克里斯蒂娜心想，奇怪地有一种气短的感觉。中间那个女人在罗薇头上撑着阳伞，固执地往高抻，罗薇固执地往上盯着那栋房子，两臂交叉在胸前，并不打算走近一步。卡特倒像是能挺得住，诺拉和克里斯蒂娜默默地站着不动。后来卡特起来从游廊纵身跳下，一脸愠怒，僵硬地朝罗薇走去，五步、七步、十二步，克里斯蒂娜数着，他正面站在罗薇跟前。

白阳伞微微晃动，罗薇说了些什么，卡特在回答，他们面对面站着。“她说什么了，她到底说什么了？”克里斯蒂娜喃喃自语。诺拉嘀咕了声：“我没听懂！”

卡特转身回房子去了，罗薇扭过脸盯着诺拉和克里斯蒂娜。“她在给我们念咒呢！”诺拉低声说，掐了一下克里斯蒂娜的胳膊，克里斯蒂娜感觉她的心狂跳不已。罗薇一把抓过阳伞，啪的一声合上，这几个女人扭着屁股，就像她们来时一样突然又没了影。

卡特坐到蓝椅子上。克里斯蒂娜每隔五分钟就上游廊一趟，围着他来回转圈子，给杜鹃花浇水，清嗓子，把椅子移过来挪过去，拿些欧芙进屋。卡特没反应，他就这么坐了两小时光景，然后站起来招呼都没打就奔房子后面去了。克里斯蒂娜明白，他这是抄近道去斯托尼山冈，就是那条道，那条只能用大砍刀开路前行的小道，而且他是一肚子火。

这种游戏叫作“自己—这么—想象——一种—生活”。傍晚坐在布伦托那儿，坐在通往店铺的台阶上，在暮色苍茫中佐以香烟和一杯加可乐的朗姆酒可以玩这种游戏；抱着个熟睡的、鬈发中还散发着沙滩气味的小家伙可以玩这种游戏。诺拉想象的是站在用旧了的木头柜台后面的布伦托，克里斯蒂娜选择了卡特，他自打罗薇到了以后就不再坐在卡斯帕的游廊上，而是和一些老年人坐在一起玩起多米诺骨牌来，或者远远坐在林中空地边的竹长椅上。

“你来想象一下，”诺拉说，“想象一下，那是你的孩子，抱在你怀里，漫长、炎热的一天下来孩子困了，卡特是你丈夫，他玩儿把多米诺骨牌，还喝上几口朗姆酒，你在轻轻摇晃着孩子，等着他结束；然后你们一起回家，穿过斯托尼山冈的马路，那儿没路灯，只有星星在你们头上，卡特抱着孩子走在你前面，因为他整天都在田头干活，当然是非常壮实，你们穿过夜色，进入丛林，有时他还得用大砍刀辟出一条道儿来，这叫你怦然心动。”诺拉大口喘气，克里斯蒂娜双脚不停擦地，急不可耐地说：“接着说！”

“所以呢，”诺拉说，“你俩当然互不搭话，你该去跟卡特说些什么。他是最棒的宰羊高手，最强的干活人，他在山里边有间小屋，褥子底下压着一点儿钱，这就够了，你和他在一块儿非常幸福，这也是因为村上的女人都为他而妒忌你。如果你们到了你们的小屋，就送孩子上床睡觉，然后你们房事一番，摸着黑，很可能是这样，接下来你睡着了，天亮又是不同的一天，而你也忘记了你都干过些什么。”

克里斯蒂娜抽着烟，用心听着，注视着卡特，他在玩多米诺骨牌，有时还抬眼对她抱以有那么一丝攻击味道的微笑。诺拉在她腿上蚊子叮咬的地方用唾沫抹着，兴致勃勃地挠着痒，说：“快点儿，该你了。”

“一旦我们都走了，”克里斯蒂娜说，“你就给布伦托送上一个吻，关上收音机，拉下百叶窗，一切变得清静下来。你们撤去酒杯，还有朗姆酒，盘点当日挣的钱，你们合计着是不是下一步要买个冰箱或者真的就买台小电视机。布伦托是个好男人，他卖朗姆酒、香烟、面包、膏药、纸和笔，大伙说他床垫底下有一大笔钱，这你会一清二楚的。布伦托脾气好，从来没跟人打过架，大伙还说你能治得了他，不管怎样——他非常爱你，而且特别爱你的头发和你喉结下面白白的小浅坑。你们把鸡轰出屋，牵狗进来，再抽支烟，然后熄灯，我觉得，你俩是睡在店铺里头就这么小的行军床上；那孩子，我知道，是睡在柜台下边靠右的格层里，布伦托紧挨你的后背躺下，胳膊搂着你，你睡着了，一切——很美满。”

诺拉笑了，克里斯蒂娜用肩膀碰了碰她，她怀里的孩子轻轻喘着气，睡梦中还舞动着双手。

飓风从哥斯达黎加擦肩而过，毁坏了一些酒店设备，引发了大潮，有两个渔民因此丧命，接着飓风移至外海，停在距该岛北部两百公里处。克里斯蒂娜坐在山冈脚下观察着远方的一线天际，电台继续一天十二次播送着飓风报道，岛民们说，各俱乐部的游客几天前都已经走光了。使馆打来电话问卡斯帕要不要订去美国的机票，卡斯帕拒绝了。他心神不定，农场田里的活儿比平时干得少了，他修理起屋顶和百叶窗，往地下室搬运欧菱和椰子，住在斯托尼和斯诺夫山冈的人头顶篮子把这些东西存放在屋里。

“我想叫它来，”克里斯蒂娜坐在山脚下说，用手挡着眼睛，天空白花花的，万里无云，“真该诅咒，我想叫飓风来。”

“真该诅咒，要是来了的话，你会吓得屁滚尿流。”站在她身后的卡斯帕说，他端详着她的脖颈子，都晒成了棕色，肩膀上正在脱皮。“你会号啕大哭，高声尖叫。一场飓风不是什么引起轰动的头号新闻，飓风是灾难性的，你想叫飓风替你做所有的决定，但别拿损害这个岛为代价，也别搭上我。”

克里斯蒂娜朝他转过身去，显得大为吃惊。卡斯帕脸色铁青，咬着嘴唇。

“听着，”克里斯蒂娜压低声音忿忿地说，“你到底在那儿说些什么？”

“我跟你的航空公司通过话，”卡斯帕回以颜色，“你两天之内飞走根本不成问题，他们还会飞到周末，你到家后才会出事。”

克里斯蒂娜没答话，她光脚板下面的草硬撅着，挺扎人。我倒是想有上一副像卡特那样的脚掌，她想着，就像一层甲壳，走哪一步都不会感到疼。诺拉站在游廊上观察着她，克里斯蒂娜一动不动，诺拉转身进屋。

毫无疑问克里斯蒂娜吻了卡特，就在最后那天晚上。卡斯帕不愿去布伦托那儿，可克里斯蒂娜要去，诺拉也要去，于是他们开车上路。卡斯帕驾驶着吉普沿着满是石头的山路往下开，明晃晃的大灯光柱在黑漆漆的夜幕当中叫人毛骨悚然，一只大个儿夜蛾在挡风玻璃上撞了个稀烂，克里斯蒂娜抓住诺拉的手。山冈下孩子们在布伦托那儿刚刚踢完球回来，上了年纪的男人围坐着玩多米诺骨牌，布伦托有了一个新冰箱，卡特见不到人影。

克里斯蒂娜觉得有些焦躁和沮丧，神经质地盯着所有黑肤色的脸庞看，一个劲儿喝着栗色朗姆酒，急急巴巴地喝。“好漂——漂——漂亮的冰箱，布伦托。”布伦托笑着，很是得意，把所有的可乐都放进冷冻格，一会儿工夫就冻成了鼓鼓的褐色硬块。“卡特在那儿吗？”克里斯蒂娜问，央求地看着卡斯帕，他没答话，诺拉猜他坐在竹条椅上，那儿还确实坐着个人，一个人影子，认不大清楚。

克里斯蒂娜喝着朗姆酒，一支接一支地抽着烟，她真是不能专心去听谁在说什么，夜幕中不时传来打火机清脆的开启声，直到第四次响声时克里斯蒂娜才醒过神来，于是朝竹条椅那儿跑去——“卡特？”卡特露出白白的牙齿，克里斯蒂娜坐到他身旁，气喘吁吁，心里怦怦直跳，靠在他身上，什么都没说。

诺拉和卡斯帕待在林中空地外围店铺前灯火通明的台阶上，布伦托忙着他的冰箱，孩子们蹲在诺拉周围，拉着她长长的、不带卷儿的头发。

“你还来吗？”卡特问。克里斯蒂娜马上说：“来。”毫不费力地撒谎，依偎着他，想要搞清楚他身上到底是什么味儿——煤油、泥土、朗姆酒、大麻？都不熟悉。老人们把他们的多米诺骨牌噼啪作响地摔在桌上，有个孩子爬到诺拉膝盖上。生活范围是按人的圈子分开的。克里斯蒂娜摇晃着腿，后来卡特捧着她的头吻了她。她吃惊地发觉他的颌骨在亲吻时发出咯嚓咯嚓声，而那个“自己—这么—想象——一种—生活”的游戏就像一道光鲜的红纸条掠过她的脑海。她吻着卡特，心里在想，她的嘴唇配他的可有点太小了；卡特的颌骨咯嚓咯嚓地响个不停，一边吻着她一边睁大眼睛往店铺那边东张西望，当布伦托站起来时，他放开了她。卡斯帕转过身和布伦托交谈，诺拉悄悄伸长了脑袋，克里斯蒂娜明白她现在想要在竹条椅上看出点儿名堂来。

“要是你再来的话，那就都是我们俩在一起的时间了？”卡特问。克里斯蒂娜回答道：“当然就是我们俩的时间了。”她又说起谎来，还考虑到了这个海岛，而且是重新加以考虑。她会住在卡特家还是别的什么地方？那罗薇呢？还有卡特的孩子呢？是来四个星期还是五个星期？她吻着卡特，用手指小心翼翼地触摸着他的掌心，杯子里剩下的朗姆酒喝起来有点发甜，在嗓子眼儿里火辣辣的。克里斯蒂娜头昏脑涨地想着在家里喝朗姆酒和在岛上喝完全是两码事。听到卡斯帕喊她的名字，卡特紧紧抓住她不放，连这次也没闭上眼。接下来克里斯蒂娜挣脱开来，回应着喊了声："啊？"用的是一种她自己都觉得陌生的嗓音。卡特也没说"再见"，她从长椅上跳下来，坐进吉普，卡斯帕用充满责备的目光盯着她的脸，她转过身去。

送她去机场的出租车清晨四点钟来，直到三点克里斯蒂娜还总是觉得诺拉会睡眼惺忪地站在房间里——"克里斯蒂娜，我现在还是一起走吧。"

但是诺拉没来，克里斯蒂娜坐在沙发上，睡着又醒过来，风在房子里四周回旋，现在再去开门，又坐到游廊上——卡特的蓝椅子上？——已经不可能了。克里斯蒂娜给诺拉写了张条子塞进笛格利杜。四点钟出租车的大灯光柱摸索着爬上山来，太阳在海上快要升起，快了。克里斯蒂娜把背包整齐地装进后备箱，坐到副驾驶座位上，系上安全带。出租车司机困得不想说话，只问了声："机场？"克里斯蒂娜点了点头，闭上眼。

飓风与我们擦肩而过，后来诺拉给克里斯蒂娜写道，现在终日艳阳高照，我们吃光了卡斯帕的应急大米，卡特惦念着你，还说你不久要再来，我说——是。

索尼娅

索尼娅很韧，我指的不是那种“像枝条一样柔韧”，不是身体上的，索尼娅很韧——脑子里边的。这难以说清，可能在于——她允许我做任何一种转换，允许我对她自身特征产生任何一种可能的愿望。她会是个无名之辈，会是一个矮小的缪斯，会是一个那种当街邂逅、经年之后以一种强烈的失之交臂的感觉浮上心头的女人；她会是无知但又坦诚、玩世不恭但又深思熟虑，她会是雍容华贵、仪态万方，有那么些瞬间，她又是个小妮子，一脸苍白地裹着件棕色大衣，地地道道无足轻重；我觉得，她之所以如此之韧，是因为她原本微不足道。

我是乘火车从汉堡到柏林途中遇见索尼娅的。在看过费蕾娜后，我正在归途中，我和她度过了八天时间，深深爱上了她，费蕾娜有张樱桃小口和染黑的头发，每天早晨我都给她编成两条粗大的辫子。我们在港口散步，我在她身旁蹦来跳去，喊着她的名字，轰赶着海鸥，觉得这些海鸥真是妙不可言。她拍船坞、驳船还有小吃亭，她滔滔不绝，老是在拿我打趣。我唱着“费蕾娜，费蕾娜”的调子，吻着她的樱桃小口，满心欢喜回家去工作，满手沾的都是她的头发味儿。

那是五月天，火车穿行在勃兰登堡边区，黄昏斜影下的草地绿色浓郁。我离开车厢隔间去抽烟，外面，走廊里，站着索尼娅。她抽着烟，右腿抵着烟灰缸，我走到她身边时，她不由自主地把肩膀往前耸，有点儿不大对头。这种情形司空见惯——汉堡到柏林某处一列城际高铁的狭窄过道上有两人要抽烟，偶尔并排站在一起，但索尼娅却是拿着一股不近情理的拗劲儿在往窗外呆视，就像是听到空袭警报时摆出的架势。她一点儿都不漂亮，在这最初的一瞬她与漂亮相去甚远，她就那样站着，穿条牛仔裤和一件太短的白衬衣。她留着齐肩的顺滑的金发，面庞是这么异样和老派，真就像是十五世纪圣母像中的一幅。一张狭长的、几乎是瘦削的脸庞。我在一旁观察她，感到不舒服而且还真有点恼火，因为对费蕾娜性感的回忆脱了节、错了位。我点上支烟，边抽边往走廊后面走，有一种跟她咬耳朵说上句下流话的需求，当我转身回隔间时，她正看着我。

一句嘲弄的话掠过我的脑海，大致是说她竟敢盯着我看什么的。火车发出嘎啦嘎啦声，后面隔间有个孩子又哭又闹。她的眼睛没什么特别，似乎是绿色的，不太大，两眼挨得特别近。我压根儿什么都没想，盯着她，她回头看我，没有色情，没有调情，没有表情，但有的是一种严厉和率直，这叫我真想朝她脸上一拳打去。我朝她走近两步，她有那么点儿苗头似的微微一笑，接着我进了我的隔间，拉上身后的门，都差点儿背过气了。

天黑时列车停靠在动物园车站①。下了车，我有种奇特的轻松感，自觉能嗅到这座城市的气息。天热，站台上满是人，我乘电梯下到地铁站，尽管没去寻找，我还是发现了她。她在我前面三四米处，右手拎一个不大的红帽盒，她的后背在提出唯一的敦促和要求。我咬咬牙对她视而不见，在一家出售报刊的咖啡馆旁站住脚去买烟和晚报，可她靠到我身边说了声："叫我等着。"

她不是在问，一边看着地就直截了当地来了这么一句，语气一点儿都不难为情，倒是坚定十足，且稍稍有些沙哑。她很年轻，大概就十九或是二十岁，我的不快消散了，轻蔑感解除了，说了声："行。"也不知道这究竟是为了什么，买完烟和报纸，我们挨着朝地

---

① 动物园车站，柏林市中心火车站名。

铁走去。车来了，我们上车；她沉默不语，搁下她那个傻得可笑的帽盒，就在这种场面变得快叫人难堪之前，她问了声：

“你从哪儿来？”这回是个名副其实的问题，我差点说我看我在汉堡的女朋友来着，可因为某种原因却说：

“我和父亲钓鱼去了。”

她愣愣地盯着我的嘴，我没把握她是否真的用心在听，忽然间我弄明白了她是存心要套住我，她肯定在这之前就见过我，可能是在汉堡，也可能是在柏林。在我初次注意到她之前她就对我了如指掌，当我站到她身旁抽烟时，她就把肩膀往前一耸，那就是说她已经开始行动了。她早就算计好了这种局面，早就知道会是这种样子，此时此刻她让我感到毛骨悚然。我提起背包挎到肩上，说：“我得下车了。”她以一种不可思议的敏捷从帽盒里取出一支笔，把什么写到一张纸条上并塞到我手里——“你可以给我打电话。”

我没有回答，没有告别就下了车，把那张纸条塞进兜里没扔掉。

这年五月天气暖和，阳光明媚。我起得早，在画室里起劲干活，给费蕾娜写了数不清的信。她极少回信，但有时打电话给我讲上些事儿，我也就享受着她的嗓音还有她的无忧无虑。我住的后院椴树开花了，我和一帮土耳其半大小子踢球玩，心里思念着费蕾娜，没感到痛苦。天一黑我就出门，这座城市像是处在一种短暂的心醉神迷之中，我去喝酒跳舞，是有让我动心的女人，可我就在那时想到了费蕾娜，便独自回家。

两周后我在上衣里摸到了索尼娅的纸条。她用大大的、圆圆的数字写下她的电话号码并在下面只写了她的名字，我自言自语轻声念着——“索尼娅”，于是就给她拨了电话。她接电话的劲头就像是两周来她一直坐在电话机旁，而且是什么都不干就在等我的电话似的，我无须自报家门，她马上就知道我是谁，我们约定晚上在一家河边咖啡馆见面。

我挂上电话，没什么好后悔的，又跟费蕾娜通话，兴高采烈地朝话筒大声嚷嚷我爱她爱得发疯，她咯咯地笑着说，三周后就来柏林；接下来我开始工作，口哨吹着《野姑娘》。我傍晚出发，双手插在口袋里，没有一丁半点的激动。

索尼娅晚来了半小时，在她踏进咖啡馆时，我坐在吧台边都要上了第二杯葡萄酒。她穿着一件非常老派的红丝绒连衣裙，我有些恼火地注意到她还引起了骚动，她足蹬超高高跟鞋，迈着急速的碎步朝我走来，说着“嗨”“对不起”。我是有那么一瞬想跟她说我觉得她太不像话来着，还有她的打扮、她的不守时、她整个人，然而她却幸灾乐祸地笑起来，爬到吧台的高脚椅上，从一只微型双肩背包里翻出她的香烟，我一肚子火也就化为了好笑，我喝着葡萄酒，给自己卷上了支烟，同样幸灾乐祸地笑起来，开始神侃。

我聊起我的工作、我的父母、我钓鱼的嗜好，我的朋友迈克还有美国；我谈起那些在电影院里把糖纸弄得刺啦乱响的人；谈论着弗朗西斯·培根①、波洛克②和安塞尔姆·基弗③；讲起丹麦，我后院那帮土耳其半大小子还有我母亲十年前曾有过的那个情人；大谈烹调羊羔肉和兔肉、足球和希腊；描述起基欧斯④和雅典，描述着胡苏姆⑤的拍岸惊涛、挪威夏季的鲑鱼排卵。我好像都能把索尼娅侃得灵魂出壳，而她似乎也不去阻拦，她就那么坐在那儿，两手撑着脑袋，注视着我，烟抽得吓人，喝着唯一一杯葡萄酒。她足足四个小时在细听我讲，我确信她整个晚上一字未吐。在我精疲力竭时，我结了我们俩的账，祝她晚安，打了辆出租回家，一个梦没做酣睡了八个小时。

---

① 弗朗西斯·培根(Francis Bacon，1909—1992)，英国画家。

② 波洛克(Jackson Pollock，1912—1956)，美国抽象派画家。

③ 安塞尔姆·基弗(Anselm Kiefer，1945—)，德国新表现主义画家，有“成长于第三帝国废墟中的画家诗人”之称。

④ 基欧斯(Kios)，希腊一岛名。

⑤ 胡苏姆(Husum)，德国北部濒临北海的地名，位于石勒苏益格-荷尔斯泰因州。

我很快就把索尼娅忘到了脑后，筹备起我的画展来。六月了，费蕾娜来到柏林，她把我的一堆押金瓶[1]送回商店，食品买了无数，厨房里摆满了一束束丁香花，随时准备和我上床。我工作时她就在屋里唱歌，把我的窗户擦得干干净净，和她汉堡的朋友成小时地打电话，老是跑进我的画室给我讲点儿什么。我梳她的头发，从各种角度给她拍照，并且开始谈论起孩子和婚事来。她个头儿相当高，走在街上男人都回头看她，她身上散发着奇妙的气味，这我可是当真说的。

月底我宣布画展正式对外开放。费蕾娜去了火车站接她的朋友，我在画廊不安地来回踱步，把末尾一幅重新又挪到别的地儿，觉得心烦意乱。费蕾娜快七点时回来了，顺着我那些画打发她那帮朋友。我离开画廊，想单独待上五分钟，走到马路的另一边，就在那儿，在一栋房子的入口处站着索尼娅。直到今天我都搞不清楚她是碰巧路过还是从哪儿听到了画展的消息，她只知道我的名字，而且关于画廊的事我可是只字未提。她站在那儿，看上去怒气冲冲，那简直是一种飞扬跋扈的盛怒，接着她说了："你说要打电话的，可就是没打，我倒想知道这是为什么，因为我觉得这事做得不

① 押金瓶，德国商店须付押金的饮料瓶，顾客交回空瓶可领回押金。

地道。”

我的确被这种厚颜无耻弄得目瞪口呆，气晕了头，乱了方寸，说：“我女朋友在这儿，我不能把我掰成两半，我不愿意。”

我们相对而立，面面相觑，我觉得她真是不识时务。她的嘴角开始发抖，我有种感觉，是什么事整个儿出了岔子，她说：“就算这样我能进吗？”我说：“能。”转身返回画廊。

二十分钟后她进来了。这时画廊里挤满了人，她一点儿都不显眼，可我还是马上看见了她。她带着一副非常紧张的表情，同时以一种竭力表现出的高傲姿态走了进来，显得极普通又极为敏感，她在找我，我注视着她，然后朝站在吧台边上的费蕾娜望去，索尼娅紧随着我的目光马上就明白了。我对吵闹没什么好怕的，似乎也没有发生吵闹的由头，尽管如此我还是清楚吵闹是可能的，但吵闹大概还不至于发生，这我心里同样也有数。我从后面看着索尼娅如何在我的作品前来回踱步，唯一显露她自我的是，她在每幅画前都驻足半小时。我坐在椅子上，观察着她，喝了大量葡萄酒，其间费蕾娜过来说了些什么“为你感到骄傲”一类的话。我感到很是受用，然而在这一切的后面我感觉到一种我并不熟悉的惶惑不安。索尼娅没再瞧我一眼，在最后一幅画前坚持了一刻钟后断然迈向大门走了。

七月里费蕾娜回了汉堡。我没对她感到厌烦，我肯定能和她过一辈子，可她走了后，厨房里一束束丁香花枯萎了，押金瓶又堆积起来，整个画室都闪烁着、颤动着尘埃，但是我并不因为她不在身边就惦念起她。这座城市一连好几个星期都沐浴在金灿灿的阳光中，天气炎热，我一丝不挂地躺在房间木地板上，凝视着天花板，就这样消磨上好几个钟头。我没心神不定，也没神经过敏，我就是累，处在一种少见的没情绪的状态中，可能正因为如此，我还是再给索尼娅打个电话吧。我其实觉得一切的一切都没个指望，但是呢，我的上帝，时值盛夏，后院里坐着些土耳其女人在撣鹅毛，白花花的羽毛还朝着我的窗户翩翩飞舞而来；我拨了索尼娅的号码，让它响了十下二十下，她不在家，反正她就是不接电话，我试了一遍又一遍，我差不多有了去折磨她、让她难受的那么一种偏执的兴致，索尼娅避而不见。

她避开了我几乎有四个月之久，直到十一月我才收到一张她寄出来的、经画廊转来的明信片，这是一张属于某个契诃夫协会的黑白照片，背面是参加庆祝聚会的请帖。

我把鞋擦得锃亮，许久都在犹豫着是穿皮夹克还是大衣，最后选了皮夹克，将近半夜时出了门，我有点发毛，因为知道这个聚会上我大概谁都不认识。我在索尼娅那时住的工业区瞎跑了好长时间，她住的那栋房子位于一台报废车辆冲压机和一家紧挨施普雷河的工厂之间，是栋出租用的灰色老房子，四层灯火通明的窗户下边一片漆黑。我跌跌撞撞地爬上楼梯，走廊灯坏了，我恍惚迷离于那愚不可及的浪笑声和油然生起的恼怒之间，突然觉得这一切叫人讨厌，但毕竟还是来到了上面。房门开着，有人把我领进走廊，那儿站着索尼娅，她倚墙而立，已是微醺模样，她一脸充满必胜信心的表情含笑注视着我，我也第一次觉得她挺漂亮的。她身旁站着一个身穿海藻绿加长连衣裙、一头红发多得都令人难以置信的小个子女人，索尼娅指指我说："就是他。"

她请了约五十来个人，我肯定她与极少几个真的是朋友，但这已是众多来宾、外貌和个性的大杂烩，使得这栋施普雷河边上的租赁老房似乎在什么时候摆脱了现实，这种感受其实于我是陌生的，然而有时候——少之又少——是有些聚会让人难忘，而索尼娅的聚会就是这个样儿的。三四间几乎是空荡荡的房间烛光闪闪，什么地方还在唱着汤姆 · 威兹的歌儿，我根本就没醉，可一切的一切却都——模糊不清起来。我进厨房拿了杯葡萄酒，接下来到索尼娅的各个房间去溜达，与大量稀奇古怪的人进行了大量稀奇古怪的交谈。索尼娅像是无处不在，不管我在哪儿，她都站在房间的另一头，也可能是我总待在她待的地方。她请来了一大帮崇拜者，至少她老是被不断变换的一群小青年簇拥着，而她大多数情况下都有那个红发女郎陪伴左右。索尼娅一杯一杯喝着斟得满满的伏特加，手不离烟；我俩都在与那些人闲聊，同时穿越房间查看着对方。我相信，我们彼此都没说上一句话，这没必要，她像是觉得我人在那儿就挺好的了，能在她住所里四下走动、让她关注着我也让我很舒服。

也不知什么时候我看见她和一个古怪笨拙的大块头男人站在了房门口，她依偎着他，我感到胃部微微一阵痉挛，大概半小时后她走了，干脆就销声匿迹了。

窗前的烛光变得朦胧起来，我跑遍各个房间试图找到她，可她已经不在那儿了，小个子红发女人朝我走来，她的微笑与索尼娅几小时前的微笑如出一辙，充满必胜的信心，她说：

“她走了，她总是在快结束时先走。”那我也就干了我的葡萄酒，穿上皮夹克同样走人。我想，我是巴望她在楼下等我来着，我还感到有点儿冷，两手揣在衣兜里，可毫无疑问她没在等。施普雷河这时在晨曦中就像是钢铁一样，我顺着街道踉踉跄跄地走着，天冷极了，我现在都还清楚地记得我那时可真是怒气冲天。

打那以后我差不多每天夜里都见索尼娅。我又开始早起，喝上两壶茶，冲个凉水澡，开始干活儿，快中午时睡上一小时，起来后喝咖啡、看报，接着干。我同时处在一种对景物和色彩既狂热又清醒的亢奋之中；有种此前脑袋从来没有这么好使过的感觉。索尼娅晚上很晚才来，有时候她困得趴在我的餐桌上睡着了，可她总来，看上去总是那么的坚韧不拔。我给我俩做饭，我们一块儿喝上瓶葡萄酒，我收拾整理画室，而她穿着袜子蹑手蹑脚就跟在我身后。

我还真不清楚这档子事儿，即我让她进入我的住所和我的画室、她可以坐在我的餐桌边上还可以坐在我的众多笔记当中、我当着她的面洗印照片并勾勒些小幅素描，这些对索尼娅而言是种恩赐。她以她的方式诚挚有加地对待我，以一种几近宗教仪式般的虔诚踏进画室，以博物馆参观者所有的那份虔敬在我的作品前驻足，而她以一种像是受到接见的劲头坐到我的餐桌旁。她没妨碍到我，那是因为我其实当时还没意识到这一切，她没惹我烦，那是因为她太倔、太韧了点儿，我没发觉索尼娅这期间在我的生活正中挂上了钩、套紧了扣。对我来说她在这些夜晚就是一个微不足道的、疲惫不堪的、对某种东西走火入魔的姑娘；一个以她不同寻常的方式陪伴着我的姑娘；一个坐在我身边仔细听着我的话、使我有了种装腔作势虚荣感的姑娘。

索尼娅从不发话，几乎是从不开口。直到现在我对她的家庭、她的童年、她的出生地、她的朋友都一无所知；对她靠什么活、是否挣钱，或者是否有人养着她，她是否有职业上的打算，想要去哪儿、想干点儿什么都全然不知。有时她提起的唯一一个人就是那个我在她的聚会上见过的小个子红发女人，此外她没提到过任何人，更没有提到过男人，尽管我肯定这不在少数。

这些夜晚都是我在滔滔不绝，我就像是在自说自话，索尼娅倾听着，我们经常沉默不语，但这同样叫人惬意。我喜欢她对某些东西表现出来的兴奋和激情：对一场初雪，她就像个孩子一样不能自制；对一首巴赫的管风琴协奏曲，她在我的唱机上一遍又一遍从头重放；对土耳其式饭后咖啡，对每天清晨六点钟开出的地铁，对入夜观察我后院里那灯火通明的窗户里面的种种场景。她从我的厨房顺手牵羊拿上些像核桃、粉笔和自制卷烟这样的一些小东西，并且像圣物一样收藏在她的大衣兜里。差不多每天晚上她都带些书来放到我桌上，孜孜矻矻地恳求我读这些书，我从不去读，而且拒绝她一再提出的谈论这些书的要求。每次她坐着睡着时，我会让她睡上一刻钟，然后以一位学校老师所保持的距离叫醒她，我换上衣服，然后我们出门，索尼娅紧紧抓着我的胳膊，被院子里面新下的雪上我们踩出的独一无二的脚印吸引住了。

我们从一家通宵营业的酒吧移至下一家，喝着威士忌和伏特加，有时索尼娅从我这边离开，坐到吧台边儿另外一个位置上，还装出一副与我萍水相逢的模样，直到我笑着把她叫回来才算完。她老受人纠缠，可总能脱身而且是以骄傲的神色又坐到我身边来，这于我完全是无所谓的事儿，由于她身上不同寻常的魅力我倒颇有点扬扬得意，我差不多是以从事科学研究的兴趣观察起她来。有时候，我在想，我倒是乐于见到她和这帮追求者中的一个溜之大吉，可她就待在我跟前，如此之久，直到户外熹微，我们眯起眼迎着朦朦胧胧、一缕一缕的晨曦离开酒吧为止。我带她去汽车站等到车来，她上车，看上去微微发抖，还有些伤心，我挥了挥手就走了，满脑子又都是我的照片。

现在想来这些夜晚我确实幸福。我知道过去总是带有美好的色彩，回忆令人欣慰，可能这些夜晚也不过就是理智清醒加上玩世不恭式的轻松愉快罢了，可现在这些夜晚让我觉得如此重要、如此难以挽回，以致让我感到痛心疾首。

这期间费蕾娜在旅游，她走遍希腊、西班牙、摩洛哥，寄来有棕榈海滩和骑骆驼的阿拉伯人的明信片，有时候还给我打电话。每当索尼娅碰巧在场时，她便起身离开房间；而每每在我发出叮当乱响声和挪椅子声好让她知道通话结束时，她才再度进来。费蕾娜对着听筒大喊，电话线路通常很差，一阵海浪涌一阵风声急的，就像是这么回事，而我得以借此替我突如其来的语塞打圆场。我没把费蕾娜忘到脑后，我想她，给她汉堡住所寄信寄照片，满心欢喜她打来电话。索尼娅和这一切毫不相干，要是有人来问我是否爱上了她，那我会感到吃惊不小，并且肯定会答上个——“不”字。尽管如此费蕾娜还是断定发生了些变化，她朝电话里叫嚷，说我跟她已无话可说，她要知道我和别的女人骗了她多少回，我不得不笑，她摔了电话。

一月份寄来了一张发自阿加迪尔①的明信片，上面告诉我三月底她要来——我开春来，她写道，然后待上段时间。我把明信片放到餐桌上，一直等到索尼娅看到它。我知道她老是不由自主地、并非过分好奇地翻看我写字台上的卡片和纸条。这天晚上我从门后留神看她，她倚门而立，观赏着一张照片，拿我那些粉笔乱涂乱画，卷上支烟，接着就看见那张正面印有燃放焰火的明信片，她读着，把明信片拿在手中；默默站着，然后朝我转过身，就好像她知道我在那儿站着观察着她似的。

“嗯。”我发话了，她什么都没说，简直就是在死盯着我看，我感觉到某种几乎像是恐惧般的东西。我们一同出门，一切都弄拧了，我有种亏欠感且又愤愤不平，有种必须给她把我并不明白是怎

① 阿加迪尔，摩洛哥西南部港口城市，阿加迪尔省首府。

么回事的东西加以解释的感觉。这一夜她第一次睡在我这儿，我还从来没有亲吻过她、从来没有碰过她，夜里我们手挽手走在街上，也就不过如此而已。在我洗澡时她穿上我的一件衬衣，我回房时她已蜷伏在我的床上，牙齿还在格格打颤。天非常冷，我躺到她身边，我们背靠背地躺着，唯有我们冰冷的脚掌确实还轻轻碰了碰。索尼娅道了声“晚安”，她的声音柔和微弱，我感到受人关心，并不真切地有了些感动。我一点儿都没激动，压根儿就没想现在就和她同床共枕，然而，在从她安详而均匀的呼吸声中发觉她已经入睡时，我还是感到受了伤害，我好久躺着没睡，被窝里暖和起来，我非常谨慎地用我的脚去蹭她的脚。我还知道睡了她、抚摩她的乳房那简直无异于乱伦，我在考虑亲吻了索尼娅该会是什么样子，接下来我也进入了梦乡。

早上她走了，餐桌上放着一张撕下来的写着问候语的小纸条，我回到床上，穿上那件她在夜里穿过的衬衣。

她就这么又消失了。第二天晚上她没来，第三天也没有，我等了三个晚上，然后再度给她打电话，她就是不接，或者确实是不在家。我开始白天满城转悠，徒劳地坐在她有时提起过的那些咖啡馆里，成小时地站在施普雷河边那幢出租老房子前，她还是无影无踪。她窗户上没亮过一次灯，可门上写的还是她的名字，我有时为检查她是否回来过而放到门框下面的那张纸总是移动了位置，她是以她的方式躲避着我。到了三月，我对这种寻寻觅觅感到了厌倦，开始准备费蕾娜的到来。

我收拾起屋子，想清除掉索尼娅到访的痕迹，可实际上压根儿就没有什么痕迹可言，三个月与疲顿不堪的、着了魔似的、不起眼的索尼娅在一起空落落的什么都没留下，我徒劳地搜寻着，在生自己的气，破天荒第一次给我的朋友迈克打电话，我们去打台球喝啤酒，和好些个女的跳舞，一星期下来横扫全城所有酒吧，偶尔我试着讲上点索尼娅的二三事，接着就哑了——我到底该讲什么呢，这连我自己都没个谱儿。

三月底房顶上的残雪融化了，楼燕返回故里。我给土耳其半大小子们送了只新足球，还给自个儿剪短了头，我在等待着什么，一个晚上费蕾娜突然站在了门前，我也就此死了心。我心静如水，每天晚上挨着费蕾娜睡着，每天早上挨着她睡醒，我把她的头发编成辫子，送她一台加压浓咖啡机，她像是要待上一段时间，我也没问她多久。我干活儿，她满城逛，晚上我们去看电影，泡在河边的小咖啡馆里。费蕾娜把她的衣物挂到我的柜子里，开始在街口一家酒吧干活儿；每当响起电话铃声，她都去接。迈克说她差不多是他见到过的最漂亮的姑娘了，我同意他说的话。一天一天的日子有了自身的固定节奏，我感觉良好，或许是高兴，肯定是非常平静。院子里椴树花开始绽放，夏季第一拨雷雨穿城而过，天变得炎热起来。只有很少的几次我有了走在街上被人紧紧跟随的感觉，我转过身，后边空无一人，然而这种刺激的感觉就是挥之不去。有些瞬间，我在渴望着什么，到底是什么我也不甚了了，可能是件非比寻常的事，是某一类引起轰动的大事，是某种变故，然而这种渴望就像它出现时那样又迅速消失了。

七月里的一个上午我们骑车去施普雷河边上的露天游泳场，费蕾娜付了两人的钱，说是她喜欢水都喜欢得要发狂了，在我前面光着脚跑到躺满人的草地上去找空地儿，在一棵桦树稀稀落落的荫蔽下凯旋般地立定，铺开她的浴巾，坐到上面。紧挨着她坐着的是索尼娅。

我的心狂跳了有荒唐透顶的片刻工夫，霎时间我觉得这种狂跳肯定就是渴望中的变故，就是那种节奏中打的磕绊。我站着不动，从费蕾娜转到索尼娅身上呆呆望着，索尼娅从她正在读的书上抬起眼来，看着我，然后看着费蕾娜。

我说："费蕾娜，我不想坐在这儿。"一边盯着索尼娅那张像是用一种奇特的方式撕裂开了的脸，她留了长发，蓝色泳装，棕色皮肤显得很是单薄，所有这些叫我极度抱歉；费蕾娜的声音从远处传来——“这儿是游泳场能有的最好位置。”她像是什么都没察觉出来，我感觉到我的头在颤抖。索尼娅非常缓慢地站起身来，梦游人似的套了件红色连衣裙转身走开，费蕾娜还在念叨着什么，我听不懂她都说些什么，只是从她的声调中听不出丝毫怀疑的劲头来，于是我把我的包撂到她的包旁边，径直跟在索尼娅后面，在露天游泳场的出口处我追上了她，她迅速地、直挺挺地走着，从后边看就像是一根红色小短棍。我差不多是在飞奔，后来赶到她身边并抓住了她的胳膊，她的皮肤被太阳烤得滚烫，她把她那张极其严厉的脸转向我，说：“我们想见一面，对不对？”

她嗓音的语调与她当时在火车站说过的那句“叫我等着”如出一辙，我觉得自己就像个白痴一样完全乱了套，于是我说：“对。”她说：“这不就结了。”她脱开身，穿过大门走到街上，我在她身后看着，直到再也看不见她人影为止，后来我回到仰面平躺、晒着太阳、一无所知的费蕾娜身边。索尼娅在那儿坐过的青草都被压得七零八落，我呆呆地看着她留下来的两三支烟蒂，克制着失控的情绪。

我可没非得把费蕾娜打发走不可——这我可万万做不出来，我倒是可以偷偷去会索尼娅的呀——她是自己要走的。她宣称不想在我工作期间来打扰我，不论那会是个什么样子。她收拾起行李，酒吧那边辞了职，坐车回汉堡了。我觉得她有那么一阵子挺嫌恶我的，想看清楚弄明白我是爱她的，这种可靠性她拿到手了，于是就走了。我送她到火车站，感到浑身散了架似的，并且还少有地伤感，我说："费蕾娜，随便什么时候。"她笑了笑说："行。"

这个夏天是索尼娅的夏天。我们乘车出城去一个个湖上划船，我挥桨把索尼娅划过波平如镜、绿如芦苇的水面，直到双臂酸疼才歇手。晚上我们在乡村小店吃饭——火腿拼盘和啤酒——索尼娅的面颊红润起来，头发光鲜得像是照着太阳。我们乘火车回家，抱着所有索尼娅采集来的一束束野花。我很少工作，研究起周边地图来，想到所有图上出现的湖泊中去游泳。索尼娅总是背着塞满了书的背包，给我朗读，还一首一首地朗诵着诗歌。晚上很热，我们数着身上被蚊子叮的包，我还教她用草茎吹哨。夏天是由晴朗的、蓝色的一天又一天构成的镣铐，我钻了进去，并没有惊慌失措。我们在索尼娅的住所度过了许许多多的夜晚，从高大的窗户可以看见施普雷河，我们没睡在一起，没相拥亲吻，几乎都不碰对方一下，其实从来就没有过。我说："你的床是条船。"索尼娅并不答话——老是那样——可她整个夏天就像个个头不高的优胜者。

七月底，我们坐在利贝克一个空荡荡的小火车站，等着夜车回城，索尼娅开口说了句：

“有那么一天你会跟我结婚。”

我目瞪口呆地看着她，打死我手腕上的一只蚊子；天空略显红色，森林上方笼罩着一层蓝蓝的云翳。我说：“什么来着？”

索尼娅说：“是的，结婚，以后我们还会生儿育女，一切都会顺起来。”

我觉得她傻得叫人难以置信，觉得她又可笑又痴呆，恰恰是和索尼娅结婚并且和她生儿育女让我感到荒唐透顶。

我说：“索尼娅，这可真好笑，恰恰是你应该清楚这一点，我们该怎么办这事——要孩子？我们连一次都还没在一起睡过呢。”

索尼娅站了起来，点了一支烟，踢着小石子，两臂抱在胸前：“那好，就为这个目的我们马上就去办这事，就只为这个目的，这行，我清楚。”

我也站起来，有股子必须把个懵懂小儿调教得明白事理的情绪：“你整个一个神志不清，索尼娅，说这种蠢话是什么意思——一切都会顺起来？这叫什么？一切都顺着呢，所以我们不结婚。”

铁轨开始震颤，一声尖厉的呼啸在空中回荡，远方深处冒出一列火车。索尼娅左脚跺着地，把烟扔掉，不管不顾地迈步朝铁轨走去。她从站台上跳下，在砾石上跌跌撞撞地走着，最后叉开两腿站到轨道上。火车越来越近，我又坐了下来，索尼娅暴怒地吼着：“跟我结婚，结还是不结？”我不得已笑了，回了一嗓子：“最亲爱的索尼娅！结！我娶你，随你什么时候都行！”索尼娅也笑了，火车飞驰而来，空气中有股金属味道，我嘟囔着她的名字，极度虚弱惊慌，紧接着她从铁轨跳到站台上，火车隆隆驶过，然而她却说了句：

“我现在还不想，你知道。但以后会。我以后真会的。”

秋天我们见得比较少，后来她离开了一段时间。一天早上，她都穿上了冬天的大衣，站在我的门前说：“亲爱的，我得出远门，还想来杯茶。”

我叫她进屋，坐上水，她满屋到处走，一副心神不宁的样子。我问她去哪儿，她说她得工作，去上一个月，过后就回；她显然跟往常一样什么也不愿讲，我们一声不吭地喝茶，后来她站起来，牵着手把我拉起来拥抱了我。

我紧紧搂着她，确实抵御不住她的真诚。她说：“多保重。”然后走了。

之后发生的一切都是因为害怕而发生。我觉得我怕索尼娅，害怕突然之间迫在眉睫的那种和一个古怪的小个子女人一起生活的可能性。这女人不说话，不跟我睡觉，通常死盯着我看，大大的眼睛，对她我几乎一无所知，而我确实又爱着她，说到底还确实是这回事儿。

我有一种没索尼娅就不想活了的感觉，我觉得她对我而言出乎意料地必不可少，我因她不在身边而惦念她，担心她从此不归；然而同时除了让她永远滞留在外我又别无所求。

这个月刚过，我收拾起小箱子去了汉堡，向大感意外的费蕾娜上气不接下气地求婚，她接受了求婚，我待了三周时间，和她一起到我父母亲那儿并且宣布来年三月份举行婚礼。费蕾娜预定了前往圣菲①的结婚旅行，把我介绍给她那位可怕的母亲，还告诉我她可不改用我的姓。对我来说一切都无关紧要，我感觉自己就像个溺水者，但同样也是极度轻松，有种在最后关头摆脱掉了一个难以估量的危险的感觉，我以为我得救了，处在安全之中。我们就日后居住地点稍微争执了一番，费蕾娜希望我搬到汉堡，我说，不管结不结婚，就我而言大可一切照旧，后来我就回柏林了。

我信箱里没有邮件，画室内的画像以往那样落满了灰尘，几扇

① 阿根廷的一个省会名。

窗户都长上了蜘蛛网。没有索尼娅的消息，我主宰着局面，防止了最坏的情况发生，现在我要亲切友好点，是带着那种息事宁人劲儿的。我骑车去她住的房子，浑身是劲地踩着脚镫子。我冲上楼梯，还吹着口哨。她人在家，心不在焉但显然又是在期待着谁那样给我开门，然后微微一笑，说："你挺好的，是吗？"

我们坐进一间跟别的屋同样几乎是空荡荡的大房间里，索尼娅紧挨写字台，我坐在靠窗的沙发椅上，外面的施普雷河已全都变成了褐色，海鸥在那台报废汽车冲压机的上空飞翔。索尼娅没问我都去过哪儿，对她出门也只字不提。她笔直地坐在桌子边儿，看上去有点忧心忡忡的样子，几乎是着了魔似的一支接一支地抽烟。

我从容自若地大谈天气、我在冬天的种种计划和在国家画廊新的艺术展；我觉得自己底气十足。索尼娅提到她要在今年十一月再办一次聚会，我说我很乐意来，她僵硬地笑了笑。"你和我一起去吗，在春天？"她突然问道，而我呢，那个整段时间几乎是以充满期待的喜悦心情在等待着终于能说这事的我呢，把事先都准备好的话表达了出来，响亮地、明确地、字正腔圆地，而且特别彬彬有礼地说："这不行，我要跟费蕾娜结婚，就在三月。"

这一来她就轰我走。她站起来，伸直的胳膊指着房门，接下去她说："出去。"

我说："索尼娅，别这样，什么意思？"但她却重复着："出去。”并没变脸，我笑了起来，不能肯定她是不是动真格的，接下来她就吼上了：“出去！”是用我从她那儿压根还从来没听到过的一种嗓音，我不安地站起来，弄不清楚我到底在期待着什么，我根本就不想走，我想看她失去控制，看她呼天抢地，喊个没完，可能还会来打我什么的。

然而索尼娅又坐了下来，转身背对我静静地坐着。我一只脚换到另一只脚撑着站在那儿，悄无声息，那条河的褐色真叫人受不了，我喘着，什么事都没发生，后来我走了，关上身后的门，偷偷听了听——什么也没有，没有爆发，没有压抑的哭泣，索尼娅没有叫回我。

我骑车回家，非常缓慢，我是——吃惊不小。我思忖着，肯定会跟以前那样，会那样继续下去的，反正会的。

索尼娅没有露面，对此我至少意料到了。这是一种表演，我熟悉这些套路，我等了有一个礼拜，然后给她打电话，明摆着她就是不接。我给她写了一封信，接下来再一封，然后是第三封，净是些平淡乏味的瞎扯和无可奈何的道歉，她当然没回，我平心静气，我深谙此道，我想：“给她点时间吧。”

我一周定期给她打三次电话，让电话响上十声再挂上。我干活儿，和费蕾娜通电话，同迈克出门寻开心，拨索尼娅的电话号码，这就像是刷牙或者每天早上往信箱里看一样。我感到挺开心的，并对索尼娅还真是心悦诚服，对那种她避开我的韧劲感到心悦诚服；我只是想，该到结束的时候了。我很想见到她，天冷了，下了第一场雪，我回忆起去年的冬天，回忆起她在我这儿坐过的夜晚，我想重拾这一切。

我心想着："别老那样，索尼娅，来接电话吧，让我们去散步吧，我焐着你的手，一切照旧。"

然而十二月初我信箱里放着我寄给索尼娅的最后一封信，我困惑不解地端详着自己的笔迹，拿不定主意该对此作何解释，直到在背面发现"收信人已迁出，地址不详"的图章才算搞明白。我不解地站在门厅过道上，天很冷，我觉得浑身冰凉，把信放回信箱，蹬上自行车，在雪地上左右摇晃着，沿河边往工业区骑去，我骑得很慢很小心，什么都不去想。在索尼娅的房前把车子锁在一根路灯柱上，目光朝上停留在那几扇模糊昏暗的窗户上，没有窗帘，没有灯光，但这还说明不了什么。我推开大门，门嘎吱嘎吱直响，走廊里弥漫着潮湿和煤灰味儿，我总有种索尼娅在这儿完全是孑然一身的感觉，我猜想这栋房子现在是彻底的人去楼空了。尽管如此我还是爬上楼梯，三层的楼梯栏杆都断掉了，楼梯发出叫人心惊肉跳的喀嚓声。我想到了那次聚会，想到了人声鼎沸的嘈杂声、音乐声，想到了身穿海藻绿裙子、矮个儿红发女人身边的索尼娅。她门边的姓名牌已拆掉，我揿门铃，悄然无声，我从锁孔往她屋里进深很长的、刷了白的空荡荡走廊上窥探，明白了她已离开。

我肯定那栋房子不久就要被拆掉。已是二月，我不停往炉子里添煤，但就是暖和不起来，我再也没见到过索尼娅，也没听到过她的任何消息。院子里的椴树枝桠敲打着我的窗户，是给土耳其那帮半大小子买新球的时候了。我等着什么时候碰见那个矮个儿红发女人，好问她索尼娅现在人在哪儿，情况怎样。有时候走在街上我感觉有人在我身后紧跟不舍，于是我转过身，但又没人，可这种刺激感如影随形，挥之不去。

某种东西的了结

索菲说：“她去年还只是躺在床上，在床的左边，右边是我外祖父的，我外祖父离家出走了，他那边她从来就没躺过。她多少年来已习惯了早早就醒，早上不到六点，房顶上一条狭长的天空，电视天线还有烟囱，屋檐水槽上的鸽子。我不知道她是不是都看见了这些，她躺在床上厚厚的羽绒被里，头枕三层枕头，天花板上有玫瑰石膏花饰和灯泡上的鲜艳玻璃灯罩，略显红色的玻璃，或是绿色的，我都说不上来了。”

索菲说了声“抱歉”就咬住嘴唇，她朝窗外看去。咖啡馆的窗户非常高大，可以将整个赫尔姆霍尔茨广场尽收眼底，广场现在空荡荡的，起伏不平的石块路面都磨出了光泽，风卷树叶高高飘起，街角上一条灰狗在徘徊。索菲冲着窗外抿嘴笑了笑，说：“我父亲九点钟来，沏茶，煮一枚嫩鸡蛋，切面包，把所有这些放到床头柜上，茶放在保温小炉上，她喜欢烛光；接下来她就呼天抢地喊起来，破口大骂，对他疑心重重，数落着，年复一年。他不回嘴，走了。他就隔两栋房住，也就是说挨得很近，夏天都能从阳台对她的阳台打招呼，她从不回应。她吃饭，孤零零一人，房顶上面是上午的天空、电视天线还有烟囱。之后她又躺下，盯着保温小炉温茶的烛光，直到熄灭，就这么躺着直到晚上。她睡了醒、醒了睡地躺着，可能这都没了区别，一个一个小时的交汇融合，穿房而过的光线，桌上没个钟表，傍晚房顶上面一条狭长的，呈蓝灰色、黑色的天空。”

索菲看着赫尔姆霍尔茨广场的上空，就像是要做个对比似的。广场上空灰蒙蒙的，像是要下雨。萦菲转移视线，在咖啡馆里四下环顾，双手捂着咖啡杯，反正是非常怕冷的样子，她眯起眼，清了清嗓子，表情倒不如说是冷漠、疏远。她说：“接着我母亲来了，热饭、洗衣服，冬天生炉子、铺床。我外祖母穿着羊毛衫、长袜和拖鞋，扶着助步支架，像只乌龟似的吃力地挪动到起居室，在那儿倒在沙发上，打开电视。白天给她一盒烟、三罐听装啤酒和三杯烧酒，她老把啤酒藏在屁股底下，装得好像她还没得到似的，无非就是想多要啤酒，还对我母亲、她的女儿说：‘你什么都不想给我。’我母亲不吭一声地从外祖母屁股下面把啤酒硬给拽出来。我外祖母会在厨房找上另外一个藏烧酒的地方，在深更半夜？靠四肢爬行？忍着剧痛，在晨曦中紧咬牙关，在唉声叹气？或者是扬扬得意？——但她总能找得到。”

索菲现在笑了，就稍许一点，她笑着盯着她的咖啡杯说：“得想象一下这事，她都走不动路了，就只能慢慢挪，扶着那个助步支架吃力地往前移，可烧酒她都找得到，不管放在哪儿，柜子最里面、衣帽架挂着的大衣口袋里、烤箱里、阳台上栽花的木槽当间儿。她找到烧酒喝得一干二净，再把空瓶放到门前，我觉得她把这当成一种赌博，她赢了赌局，总赢。”

天阴了下来，屋外下起雨来。蒙蒙细雨，可能已经是雪了。有人从高大的窗户前走过，手揣在大衣兜里，耸着肩，放慢脚步注视起索菲。索菲没发觉，说：“我想来杯葡萄酒。”她说：“好吗？我们马上喝葡萄酒。不管怎样我外祖母后来还是吃了母亲给她端上的东西，她边叹气边吃，左手总是按在胸前，她又胖又壮，手指都被风湿病弄扭曲了，我母亲坐在她身边，两人看着播放着的电视，后来她们一块儿抽烟，我外祖母说：‘天快黑了。’每次我母亲离开时，外祖母就号啕大哭，变得孩子气并且大发雷霆，抓着她不松手，威胁着、嚷嚷着。我母亲又坐下，后来还是走了。夜里也不知到了什么时候，当电视出现雪花干扰、街面上所有路灯都熄灭时，她扶着助步支架、拖着腿吃力地挪回卧室，坐到床沿上，呆呆地凝视着一片黑暗，心想：我不明白是什么。躺下，接着睡着了。日复一日。夏天有时拿瓶啤酒在阳台上，坐在天竺葵①中间，像是在策划阴谋

① 多年生草本或灌木，花坛植物及温室植物。

似的和这些植物窃窃私语。我们一周给她洗一次头，于是她蹲在浴缸里咯咯地笑起来，还说：‘好痒痒，真舒服。’她尿在床上就会哭着、很难受地一直躺到晚上，但有时候她唱起来，还用左眼使眼色，取笑我们一无所知的什么东西，直到眼泪都笑了出来。她从不听音乐，她在这种寂静中躺在床上、头埋在枕头里，躺在这寂静当中，当两个孩子还有那个男人在这里时，这寂静变得喧闹。”

索菲环顾四周。下午晚些时候到晚上的这一个小时中，这家咖啡馆特别冷清，那些没人坐的桌子上还点着蜡烛，女招待斜倚在柜台上，抽着烟，半闭着眼。“她在留心听着我们？”索菲悄悄说道，把她的椅子往桌子跟前拉近点儿，双手撑着脸，女招待一动不动。雨打玻璃，外面传来冬天特有的汽车发动不起来的马达噪声。索菲非常肯定地说：“我外祖母在最后的一年当中怀疑起整个世界来，说是看见炉子后面拐角站着几个男人；把她的钱包藏在床垫下，藏在床头柜中，藏在枕套里。每当我母亲在厨房热饭时，她就大声喊着：‘把装进去的都拿出来！’接下来又一一列举我父亲每天上午从屋里弄出去的东西——裘皮大衣、银器、首饰、外祖父的勋章、现钱和存折，还有锅啦罐啦什么的。她硬是扯着我母亲的上衣说：‘偷来的衣服。’还边喘着气边喊警察，我母亲站在她面前，只管瞅着，一声不吭。我外祖母扶着助步支架艰难地挪到厨房，一一查看起柜子和抽屉，后来就号啕大哭，还说：‘我不想活了。’然而她整天都躺在床上耐心地等待着。”

“要知道，”索菲说，“这并不容易，给自个儿找回记忆，得一点儿一点儿来。我忘得快，特别是面容，老是记不住脸庞，其实都是马上就忘了，即便是我外祖母的长相我都记不起来了。她总是感到冷，盖着几床羽绒被还穿戴几件羊毛衫、围巾、厚长袜，尽管如此还说：‘我想吸新鲜空气。’就是大冬天，卧室里的所有窗户都得大敞着，但在起居室围着沙发排上了一圈小型热风机给她脸上吹热气，可她还是说：‘我不明白，我还老是发冷。’她头发花白，上午把稀蛋黄抹在面包上，喝茶什么都不加，也不加糖，起居室有一部电话，卧室也有一部，有时候儿子打来电话，从他近郊别墅的深宅里询问起她的身体以及姐姐的状况。我外祖母躺在她尿湿的床上，浑身疼痛，大口喘气，两眼放光把听筒端在耳边，对着满屋子说：‘好，都好。’”

索菲猛地站起来去卫生间，她干瘦成那样，穿着厚厚羊毛长袜的两条腿就像是两根小棍子似的，她走路笔挺，耸着肩，脊背僵硬。女招待从后面看着她，百无聊赖地打起哈欠。咖啡机簌簌作响，大厅空无一人，雨现在是倾盆直泻，桌上的蜡烛在蜡油中熄灭。索菲回来坐下，点了支烟，深深地吸了一口，从后面瞧着冒出的烟，一脸倦容，说：“我外祖母抽加长型香烟，长长的、淡味的女士烟，从不狠吸，也总是隔着烟雾看，就像我这样，或者是我像她那样。要是她感到我母亲太慢的话，她就敲墙，还是攥个拳头敲。有次在床上坐起来指着自己的脖颈背，那上面的白头发一夜过后都卷成鬈发，说：‘这就要死了。’有时坐起身，却把目光投向屋顶电视天线上面的天空：‘亲爱的上帝不想要我。’她能把两个有头有尾的故事讲下来，或者也可能是我们只想听上两个。那个战争故事。俄国人临近柏林，我外祖母和孩子们坐火车出逃；火车突然停下，那儿不是车站，不是居民点，六岁大的儿子要撒尿。‘真叫人难以想象，偏偏在那时要撒尿。’我外祖母说，像是置身事外似的，于是她让他下车，到空旷地上，说是那时油菜花都开了，白天挺暖和，我外祖母等在车厢门口，六岁的儿子跑进油菜地，嘴里嚷嚷着孩子话就撒开尿了，这时车又开了，开得太快，太意外了，那孩子脸都吓青了，呆站在油菜地里，说是还穿着一身蓝色水兵服，这个故事的结尾我不熟，反正他没死。那个战后故事：夏天里的两居室，男人走了，阳台上是天竺葵，我外祖母像往常那样在厨房里，女儿和儿子在起居室拿弹弓和小石子玩打靶。我外祖母在削土豆，切圆白菜。‘打赌吗，我能射出你一只眼来。’起居室里的女儿，我的母亲，对儿子说。‘打赌就打赌，没戏。’儿子说。于是女儿，那个姐姐，瞄准、射击、命中。女儿尖叫，儿子没喊，女儿，我的母亲，站在厨房门当中惊恐万分地用双手蒙住脸讷讷地说：‘我打中了他的眼，是左眼。’一而再、再而三地小声说着这话，我外祖母站起身，土豆皮撒了一地，还有圆白菜的碎末，她跑进起居室，儿子站在那儿，那粒小石子正嵌在他的左眼里，嵌在那儿，就像是一只石头做的眼珠。‘那我就把它抠了出来。’我外祖母说，再简单不过了。儿子有了玻璃眼球，五个小小的、褐色玻璃眼球用来做替换，每当姐弟俩吵起架来，我母亲就把玻璃眼球撒了一屋子，说：‘找呀，残废。’我外祖母就咯咯地笑，笑什么呢。接下来故事就没了。”

索菲脸上惊讶不已，没有悲伤，还没有。她双手揉揉眼，大拇指按在眼睑上，露出一丝微笑，她注视着女招待，直到她从柜台上慢慢腾腾直起腰、拖着腿梦游似的步伐走过来为止，女招待在围裙上蹭了蹭手，没吭声。索菲用一种完全变了样的嗓音说：“我要杯干红葡萄酒。”女招待又拖着腿走回柜台，她都听懂了？“走着瞧吧，”索菲说，“后来我外祖母还离开过一回那套住所，最后一次。那时她孙女在，不是我，是另外一个，十八岁了。她儿子租下湖边露台，雇了一个街头演奏手摇风琴的，还定下了丰盛的冷餐。‘应有尽有。’儿子在电话上说。我外祖母躺在床上，盯着房顶上、电视天线上的天空说：‘好，我来。’——‘你得带上个礼物，’我母亲说，‘她都十八了，你得给她送个什么，给我钱，我替你买。’然而我外祖母漫不经心地拿左手摆了摆，说：‘她已经有了礼物，别担心。’‘你哪儿来的礼物？’我母亲问，‘你什么都买不了，家都离不开。’我外祖母不理不睬，数着日子，让人给她洗头，从柜子里取出蓝色连衣裙，是那件礼服，她说：‘蓝得好像我的眼睛。’也不再骂骂咧咧了，端详起我父亲，是在上午，一言不发，从床上把钱扔了出来，是从床垫缝里、枕套里掏出的钞票，说：‘你们拿去吧，我不要了。’在孙女生日那天她坐着轮椅由三个壮汉从屋里抬进一辆巴士，壮汉个个大汗淋漓，我外祖母坐在轮椅上像个女王，膝间拿着一只篮子，篮子里放着那个包起来的礼物。‘是什么呀？’她摇摇头，几乎是宽容地说：‘啊呀你们还是耐着心等吧。’我们在车里跟着巴士开，我能看见她，能看见她紧贴在窗户上的白发苍苍的脑袋，她有时候用手擦擦蒙上一层雾气的玻璃，往外看，整个行程都是这样，她都看见了什么？我说不出来。在湖边露台他们把她推到宴席首座，坐在儿子和孙女中间，大家都很轻松愉快，劝她多吃，把盛满菜肴的盘子还有葡萄酒放到她面前，她不喝，也不吃，把礼物给了孙女，她出于礼貌毕恭毕敬地就坐在身旁，席间肃静下来，儿子笑了，祖母给孙女送大礼，孙女小心翼翼地撕着包装纸，摸索着，然后迟疑了一下，把纸全都扯了下来，手上抓着个黄颜色的锅盖，四周都有点破了。‘这是什么？’她说，一个谜、一个象征，她都十八了，含笑看着我外祖母。‘是你们偷走我那口锅上的盖子，’我外祖母说，‘就跟你们偷走我所有东西没两样。’接着她非常缓慢地举起手放在她左眼上，转向她儿子并且盯着他看，是用她的右眼，那只眼的确与她的节日长裙一样蓝。”

女招待把葡萄酒放到桌上，目不转睛地看着索菲，索菲没有回看。说了声“谢谢”，从杯子里呷了一大口，用手背擦擦嘴。门开了，风吹进来，一股雨腥味儿，两三个身穿湿漉漉的大衣、面色潮红的顾客，索菲没转身，也不感到冷了，她现在两颊绯红，眼圈上的疲惫荡然无存，她说：“我马上就完，故事马上就完，就结束，要不了多长时间，你还行吗？他们后来，在夜里，再一次用轮椅把她推到湖边去，她坐在那儿，死盯着一片漆黑，对岸灯光点点，波浪轻轻在拍打，‘这是什么意思？’我外祖母说。他们用大巴送她回家，她让人把她放到床上，身子转向另一边，对站在门口的我母亲说了声‘晚安’。第二天上午我父亲来，沏茶，煮一枚嫩鸡蛋，切面包，把这些都放到她那儿去，茶放在保温小炉上，蛋黄都抹在了面包上。‘温茶的蜡烛，’我外祖母说，‘温茶的蜡烛。’多了没话。‘都点着了，’我父亲说，‘你看，火着着呢。’我外祖母说声‘好’，就合上了眼。我父亲走了，去买东西，然后回家，还在楼梯上就已听到电话铃响，响个不停，我父亲拿钥匙开门，扔下购物袋，抓起电话说：‘喂？’没有回答，贴着耳机仔细往里听，都想要挂了，后来还确实听到了点儿什么，是从非常遥远的地方传来的声音，的确离得很远，是哭声，还是呼喊声？是疼痛发出的声音？真的是种噼噼啪啪声，一种喀嚓喀嚓声，某种完全不正常的东西。他怎么突然就醒过神来，我无从知晓，他扔下话筒跑出屋子，下楼梯出去到了街上。那是二月天，就像现在还冷飕飕的，我父亲一路猛跑，就隔两栋房远，他在飞奔，撞开楼门，冲到四层，他浑身发抖惊恐不安。房门卡住了，我想，钥匙肯定从他手中掉下来三四次，他抵住门，门开了，过道就这么窄，一股子味道，通向卧室的门只是虚掩着，那后头一束亮光。我现在都不清楚离卧室有四步还是五步远，我父亲站在门槛儿上，看见外祖母在熊熊燃烧。从床上下来，也不知是怎么弄的，就在屋子中间，床的前边，床在燃烧，外祖母的长睡衣在燃烧，她的长袜、她的围巾、她的头发、她的脸庞，还有她那双蓝色的明眸；她在熊熊燃烧，不再叫喊了，房顶上的、电视天线上的天空一片灰蒙蒙的，烟雾弥漫。她在，后来我父亲说，他都搞不清楚了，但是她确确实实就这么一边在熊熊燃烧一边在跳舞。”索菲说，没哭，难为情地浅浅一笑。

巴厘岛女人

这个冬天有时叫我想起了什么，想起一种我曾经有过的心境，想起一种我曾经感觉到过的喜悦？对此我并不清楚。天寒地冻，闻着有股烟味，有股雪味，我转身侧耳倾听我不可能听见的什么，有个词就在嘴边，可就说不出口，是一种心神不宁，你知道吗？你是知道的，然而你或许会说，一切无名之物都该有个名分。

不管怎么说，在这个你不愿一块儿来的晚上，克里丝蒂安娜在我面前跳起了舞，她开大收音机，合着《从没认识过像你这样的女孩》的节奏跳起了舞，一张拉拉队长的脸，红发飘逸，笑吟吟的，一副楚楚动人的样子。马库斯·维尔纳穿着那件他祖母的裘皮大衣，戴一副粉色塑料洗碗手套，大衣上的毛有的地方都秃了。“你可真傻气。”克里丝蒂安娜说，而马库斯·维尔纳正在一面女用随身携带的小镜子上把可卡因堆成一道道细条，没去理她。我不累，坐着，靠在他身上，在沙发上。雪浸湿了他的皮大衣，有股子怪味儿，我留神看着克里丝蒂安娜怎么用李子色的口红填塞她的嘴，她的嘴真大，口红尖尖的像个楔子，马库斯·维尔纳从小镜子上抬起眼来，哪儿都没看。

你那时在哪儿？先前我给你打过电话。你在电视机前坐过，大概是吸了成色次的毒品，你的声音听上去疲弱无力还有点恼火，于是不想一块儿来了。我说："克里丝蒂安娜坠入爱河了。"你说："不新鲜。"接下来我们沉默不语，我都能听见电视的微弱声音，是打仗的嘈杂声，空袭警报，我知道你屋里冷冰冰的，窗户都结上了冰花，你挂断电话。

埃德温·科林[1]的嗓音听起来沙哑。我一连抽了三支烟。"这次是谁？"马库斯·维尔纳顺便提了句，他的塑料手套发出一种黏黏糊糊的声响。"好了别说了。"克里丝蒂安娜边说边从旁边的大镜子中打量着自己，手叉在腰上，朝上看。她眼睛下面有点儿青色眼影，显得真棒。她说："我们要有乐子了。"吻了一下我的嘴，我抓着马库斯·维尔纳的胳膊跟他低语，克里丝蒂安娜似乎也不想去管，我悄悄说："这是个大腕儿导演，确实是大腕儿，知道吗？他已婚，我们去参加他的首演庆典，有吃的，伏特加，还有别的什么，一应俱全，我们有的乐了。"克里丝蒂安娜笑了，把我从他身边拽走。

---

① 埃德温·科林（Edwyn Collins，1959— ），来自苏格兰爱丁堡的摇滚歌手。

外面很冷。我想到你在你的屋里，就坐在窗前的沙发椅上。我清楚，你恐怕不会真的看上一部什么电影，而是就这么坐着，在朦胧中，凝视着前方；我没失望也没生气，我是有点儿伤心，是的，大概是。天确实冷，都能闻到一股雪的味道，我们的声音在这条空旷的街道听上去有种滑稽味道的瓮声瓮气，我们索性什么都不再说了；路灯上的光线像是都冻瓷实了，克里丝蒂安娜穿着高跟鞋摔了个跟头，我盯着马库斯·维尔纳，我们没去搀她一把。在十字路口我们要了辆出租车，“去剧院。”克里丝蒂安娜说，摇下车窗，开大收音机，出租司机做了个鬼脸，什么也没说。剧院门前红旗飘扬，门都大敞着，马库斯·维尔纳向前倾了倾身，说：“今晚这儿演的是……”然而克里丝蒂安娜却打了个手势拒绝聊什么。“不聊这出戏你要跟他聊什么？”马库斯·维尔纳说着还嘿嘿地笑了起来，克里丝蒂安娜双手把他的脸拽到她脸跟前，毫不含糊地说：“我压根儿就不想跟他聊，你懂吗？”

在门口我又转回身，最后一次还想回到你身边挨着你坐到电视机前。我也许会关上电视，可能会端详着你，这本来再容易不过了，可我就是这么下不了决心，深深喘着气，后来还是跟在了克里丝蒂安娜和马库斯·维尔纳的后面。

地上装饰有星形图案的剧场大厅摆着长桌，食品琳琅满目，几台冰箱装满伏特加酒和蒙上了冰霜的小酒杯，他们请来了一支俄罗斯吹奏乐队，还打上了红光灯。“机不可失。”克里丝蒂安娜说着就不见了，我在自助餐台那儿拿了面包和鱼，马库斯·维尔纳把几瓶伏特加酒和几只杯子塞进他的大衣兜里，他一直都戴着这副塑料手套，没人去注意他。我们坐到楼梯上吃开了，我大口喝着伏特加，身上暖和起来，马库斯·维尔纳心神不定地吃着，不停地擦着鼻子。我说：“你可卡因吸多了。”而他却说：“他在哪儿，那导演？”导演紧靠吧台站着，高大、肥胖，一副颓靡相，抽着雪茄，喝着威士忌，他身上有种挥霍无度的、克里丝蒂安娜根本就无法摆脱的老男人的性感，何况他还名气很大。我用手指指着他说：“就他。”马库斯·维尔纳爆发出歇斯底里的大笑，说：“当然啦。”我注视着导演，想着那些数都数不过来的，在克里丝蒂安娜和我的厨房桌边吃过，在我们的淋浴器下面洗过，在我们的床上睡过的导演、剧作家、演员和舞台布景师，想着他们在我们电话留言上的声音，想着他们半夜三更敲我们门的声音，想着那些摔碎的杯子和还没读过的信件；我在想，总是还少了点儿什么，这次恐怕还是会少点儿什么。我想着你，想着冰花、烟味，我在想，就连我们也是少了点儿什么。

克里丝蒂安娜露面了。她肯定又在洗手间的镜子前待过，因为她现在把头发盘成了个发髻，这我清楚，她会在什么时候抽掉簪子，松开发髻，好让她的头发呈一种把我都弄得晕头转向的波浪状在她后背上倾泻下来。她出现在饰有星形图案的剧场大厅边上，在厅柱间来回晃了会儿，靠近吧台又从那儿走开，点了支烟，耷拉着眼皮环顾四周。乐队演奏着“想象”乐队①的《晚安，朋友》。

马库斯·维尔纳用塑料手套蹭着鼻子，然后又在他的皮大衣上把塑料手套再蹭干净，说了声：“地道的自我发泄的歌。”克里丝蒂安娜微微晃动着脑袋，撅着臀部扭了一会儿，接着就推进到空荡荡的舞池，到正中央，站到那颗巨大的星上，枝形吊灯把红光洒满了她全身。那个导演整段时间都在茫然地呆望着舞池，这时他转过身去，在他不久——实际上是马上——又转向舞池时，便仔细打量起克里丝蒂安娜来。克里丝蒂安娜跳着，一张拉拉队长的脸，两手叉腰，后仰着头像是在笑，她的裙衩都开到屁股根儿上了，马库斯·维尔纳咯咯笑个不停，我不知道这是可卡因的原因还是克里丝蒂安娜的热舞所致，我忍不住笑了，说：“她可真有两下子，简直没治了。”

她跳呀跳，也不知什么时候手抬到头上解开发髻，一头红发从后背倾泻下来，马库斯·维尔纳抱头埋进膝间，说：“我受不了

① “想象”(Ween)，1984年由迪安·威恩和吉恩·威恩创建于美国宾夕法尼亚州的摇滚乐队。

了。”那个导演成了个一小堆满是不清不白欲望的堆积体。我躲开了，喝着伏特加，凝视着枝形吊灯发出的光芒，有点儿晕乎乎的，想着所有我们一起喝醉酒的一夜又一夜。你我在随便一家酒吧的木桌旁，老是冬天，外面满是雪，天从来没放晴过。我回忆不起夏天，怎么就想不起来呢。我试图弄清楚咱俩怎么就掰了，我也知道这种事根本就搞不清楚。我想到了你，想到你的房间，电视机发出的蓝光，你左手那支抽了一半的烟。我猜想到你早就知道这一切，你本来可以说点儿什么，就一点儿，随便什么。

马库斯·维尔纳碰了我一下说：“瞧瞧，哎，你钻到哪儿了？这可得好好瞧瞧。”我朝舞池望去，克里丝蒂安娜还在那儿跳着，和她一块儿有另外一个女人在跳。这女人非常瘦小，看起来像个孩子，一个早熟的孩子，她的肤色黝黑，一头乌发，穿着件红色连衣裙，她每次旋转时，都能看见她光着的屁股和阴部。她不停地旋转，一双小手像鸟似的围着她扑棱，她光着脚跳，舞步与克里丝蒂安娜截然不同。克里丝蒂安娜乱了阵脚，她试图拿她那张拉拉队长的脸、她的送胯动作、她双腿精确度量出的节拍，拿她的冷静来对抗这个女人的柔软动作，但是她没戏。她看得太多，而矮个儿女人则闭上眼，一副超然物外的样子，乌黑的头发遮住了她的脸。马库斯·维尔纳张大嘴痴痴地看着，后来点上一支烟，跟个必须全力以赴去关注的人似的。他突然朝我转过身，非常朴实地说：“这人究竟是谁呀？”我说：“他妻子，导演的妻子，她是巴厘岛人，他们在巴厘岛结的婚。”

你大概会喜欢上她，这个矮个儿女人。她就像你一贯喜欢的那样不容冒犯，她与人保持着非常疏远的距离，人们可以去观察她，凭空想出种种有关她的事情来。她的面相又敏感又漂亮，有双小得不能再小的脚，她在这么一个剧场大厅，在这种样子的大理石板上，在枝形吊灯的灯光下与现实是如此的格格不入。克里丝蒂安娜离开舞池走到吧台跟前，那个导演站到她身旁，他没注意看他妻子，他注视着克里丝蒂安娜。她要了大杯威士忌。矮个儿女人继续跳着，我清楚她脚下的石头非常凉。马库斯·维尔纳盯着我说：“我们聊聊吧。”我说：“不。”他起身走开，我接着喝酒，为我自个儿干杯。时间很晚了，我能看见高大的玻璃后面的雪，鹅毛般的、缓缓飘落的雪。不知什么时候起，马库斯·维尔纳在厅柱间跌跌撞撞地晃来晃去，醉醺醺的，手里还捏着个——天知道从哪儿弄来的——麦克风，老是往里喊着同一句话，我一个字也没听懂，把脑袋靠在楼梯栏杆上观察起他来。我想起在白天还从来没有看过他一眼，我问我自己，除了他冬天穿着这件皮大衣、夏天穿着那件垃圾清理工穿的橙色上衣外，我是否还想更多地去了解他。他一周同我和克里丝蒂安娜出去三次，我是喜欢他，要是有那么一回谈论起过他就好了，那我还就真的会说他是“一个朋友”。我拿他当回事儿吗？他拿我当回事儿吗？他想跟我聊的话有什么目的？又聊些什么呢？我回想起他有一次非常天真地说过一句：“我或许会拍部片子，是关于我们的。”我说：“那会是个什么片子呢？”他答道：“一部什么都不是的片子，什么都不存在了的片子，我们之间啥都没有，我们周围啥都没有，仅仅就一夜和你和我和克里丝蒂安娜在一块儿。”我的确是嗤之以鼻地笑了。我观察着他，他可太嫩了，服可卡因都过量了而且不胜酒力，他对着麦克风声嘶力竭地扯着嗓子喊，脖子上青筋暴涨，大伙都躲他远远的。他让我感到腻歪，于是我思忖着再也不、一次也不想再见到他了，我强压住了起身到他那儿一把夺过他的麦克风给他个吻的冲动。舞池中央那颗星上蹲着一个姑娘，不断地往地上磕头，她的额头血糊糊的，哭着说着胡话。自助餐台空荡荡的，红色大沙发上一个女演员正在和一个舞台管理员做爱，舞台管理员大汗淋漓，他的T恤衫后背上印着迈克·泰森咬霍利菲尔德耳朵的画。女演员像是绝望地在那上面使劲拽着。小个儿女人走了，导演走了，克里丝蒂安娜走了。雪还下个不停，有人把杯子往墙上摔，两个坐在轮椅上的冒牌残疾人穿过舞池消失在厅柱后面，女演员脱掉裙子，跌跌撞撞地上到小舞台上对着扭到最大音量的麦克风往里喊：“要孩子！”她说着“要孩子”“要孩子”，接着就摔倒在地。我闭上眼睛，听见马库斯·维尔纳的声音，我还是没听懂他说的话。我睡着又醒来，那是因为克里丝蒂安娜站在我面前使劲拉我的胳膊。她还跟几个小时前一个样儿，就跟在屋里、在街上、在出租车里一个样儿。她显得这么的冷峭、这么的冷静、这么的冷淡，她的嘴细长冷漠。她摇着我说："起来，我们得走了，我们还要去别的地儿，维尔纳在哪儿？你到底在这儿干什么！"她说这话不快也不慢，而是非常平静、专注，我站起来紧紧抓住她，盯着她的眼睛，她的眼睛是湖蓝色的，我说："克里丝蒂安娜，怎么样？"她注视着我说："糟透了。尽管如此我们现在还是到那儿去。"

你嫉妒了？就一点儿？有那么一丝好奇和不安——到底是去哪儿？他们现在要去哪儿呀？你大概回家了，不，你没嫉妒，从来就没这样过。我们寻找马库斯·维尔纳，在卫生间里找到了他，他正站在盥洗盆前，冲洗他塑料手套上的什么东西，隔间里传出带哭腔的姑娘的声音："到底怎么啦，你干吗现在就罢手，我全都蒙了。"克里丝蒂安娜反感地扭歪了脸，左脚往隔间门踹上去，马库斯·维尔纳转过身来，声音小得不能再小地说："非这样不可吗？"——"她等着呢，"克里丝蒂安娜说，"她在等着，我们现在就得走，马上。"马库斯·维尔纳忽然显出一脸无助和力不能及的样子，恳求地说："谁等着，到底谁在等着？"克里丝蒂安娜人都站在走廊上了，怒气冲冲地又转过身来，接着就吼上了："那个巴厘岛女人，那个巴厘岛女人在等着。”

剧院前的钟停在十一点上不动，积雪厚厚一层铺在街道上、汽车上、路灯上，万籁俱寂，但我耳畔又嗡嗡直响。巴厘岛女人还是赤脚，没大衣，穿着红裙站在一辆出租车旁给我们撑着车门，克里丝蒂安娜把马库斯·维尔纳推进车，麦克风掉进雪地里，她在背后推了我一把，接着自个儿上了车。马库斯·维尔纳喃喃地说：“你的眼睛，小妹妹，让我心花怒放。”我不知道他指的是谁的眼睛，我略加思量，这句话是不是就是他一晚上对着麦克风喊的那句。巴厘岛女人坐到副驾驶座位上，回过身含笑注视着我们，我报以微笑，出租车开了，我向克里丝蒂安娜探过身去，低声说：“这是去哪儿，我们现在去哪儿？”克里丝蒂安娜将目光投向窗外，说：“去他那儿，或者去她那儿。我们去他们家，他已经在那儿了，她要我们现在一起来。”我说：“她干吗要这么着？”克里丝蒂安娜耸耸肩，我说：“你干吗要这么着？”她说：“都无所谓。”

你门楣上放着你的房间钥匙，这我知道。我会在黑咕隆咚的楼梯间踮起脚，用手指摸索着取下来，塞进锁孔，轻轻开门。我会穿过走廊进到你的房间，你或许现在关上电视睡觉去了。我会在你这么睡着的时候在你床前伫立，端详你，躺到你身旁，你丝毫不会发觉。但是这把钥匙不是给我放在那儿的，这我清楚，钥匙放在那儿是给这么一个我们从未提到过的女人，钥匙给她放好，时候到了，她就踮起脚尖够着它，把门打开，把她的箱子放到你的床头叫醒你，就这样，不是吗？你在等待，你和她素昧平生，和这么一个女人，但你知道她会来，于是你等着，你坐着看着冰花等着，我也在等着。

反正巴厘岛女人没钥匙，她没她自家的钥匙，或者是她假装没钥匙。我们站在她家门前，她拿她不大点儿的栗色大拇指使劲摁在门铃上，门铃发出尖锐刺耳的声音。马库斯·维尔纳在楼梯平台上闲荡，擦着鼻子，精疲力竭地说："我不行了。"巴厘岛女人朝他转过身去含笑注视着他，她到现在还没说过一个字，可我能看见她的门牙被磨得所剩无几但是非常整齐，马库斯·维尔纳受难似的报以微笑，异常清晰地说了句："恐怕还是走了的好吧？"然而紧接着门开了，过道暗处站着一些不大的孩子，四个还是五个穿睡衣的小不点儿，光着脚丫，头发蓬乱。他们目瞪口呆地看着我们，我们也目瞪口呆地看着他们。这些孩子看上去像是他们父母的一种奇特的混合，他们长着他们父亲粗壮、臃肿的肢体，眼睛却跟他们母亲的一样乌黑、细长、特别。巴厘岛女人进入到由睡衣、绒布动物玩具和柔软的小手组成的这堆熙攘的人群当中，孩子们紧紧扯住她，用一种外语在劝说着她。马库斯·维尔纳盯着克里丝蒂安娜说："这你都知道？"而克里丝蒂安娜呢，第一次力不从心地说了声："不，这我不知道。"

我们在导演寓所的过道上两次踩着了五花八门的仓鼠，仓鼠发出令人毛骨悚然的叫声，巴厘岛女人笑着，把它们抓起来扔到好多房间中的一间里。孩子们透过门缝又窥探了一番，接着就没影了。看不见导演，屋子黑洞洞的，巴厘岛女人领我们进了厨房，点上蜡烛，在炉子上坐上水，我们大家有些尴尬，围着餐桌就座，我想挨着马库斯·维尔纳坐，克里丝蒂安娜想挨着我坐，我们来回推拉了好一阵子，难为情劲儿还真够明显的。我们终于坐定，厨房很大，很暖和，窗前是漫漫长夜，天花板上绷着奇异的花环，散发着异样的味道，我们都不吭声，克里丝蒂安娜避开我的目光，马库斯·维尔纳像个小孩儿一样窃窃私语："我们到底在这儿干吗？"没人理他，巴厘岛女人沏上绿茶，桌上放上些小碟，还有蜂蜜和糖。她开始斟茶，动作缓慢、稳当，她老是在微笑，最后坐到了克里丝蒂安娜旁边。马库斯·维尔纳留心看着挂在桌子上方墙上的一张照片，照片上那个导演站在巴厘岛女人身旁，背景是棕榈树和一片蓝得要命的大海，那个导演除了一小块儿遮羞布外一丝不挂，头戴用鲜花和香蕉编制的首饰，他狼狈地瞟着照相机，巴厘岛女人拉着他的手，没有微笑，他们头顶上的天空像是要下雨。马库斯·维尔纳说了声，还分外清晰："婚礼？"正要把脸紧贴到克里丝蒂安娜脸上的巴厘岛女人猛地往回一缩，点了点头，克里丝蒂安娜释然地轻轻咳了一声，双手放到桌上，好像要召开会议似的，果敢而坚定地说："他人在哪儿？"马库斯·维尔纳替巴厘岛女人答了句："他睡了。"

我觉得，我们一起有过美好的冬天，一个呢还是好几个？我都不清楚了，你大概会说这不重要。我们遇到大雪和严寒，每一次在我提到我其实喜欢感觉到寒冷时，你总像是深深理解地那么看看我。要是太阳露出来，我们就去散步，长长的斜影，你掰断枝桠上的冰晶在上面嘬着，每次你在冰面上滑倒时，我都忍不住笑了，直到笑出眼泪来才打住。我们不去指望什么，我要的就是这个，但是，原谅我吧，我还是对所有我不在时你将拥有的冬天感觉到了一丝妒意。我觉得事情打那以后总是这个样子，就跟在这间厨房里、跟克里丝蒂安娜和巴厘岛女人一同在这张桌子边挨着马库斯·维尔纳一模一样。已是凌晨，我困极了，我知道，事情从来不会是另外一种样子，我恰恰就那么一次搞错了。

窗外天蒙蒙发亮，又下起雪来，雪开始发出闪闪亮光。克里丝蒂安娜站起来又坐下去，马库斯·维尔纳摘掉手套靠到我身上，短暂而温柔地吻了一下我的脖颈。巴厘岛女人注视着我们，微笑着，说："德国有许多笑话。"她声音听来非常脆而且还童声未泯，她把一个一个词都拖长，不能正确地发出"sch"的音来，马库斯·维尔纳一动不动，克里丝蒂安娜挤出一丝短促的、干巴巴的笑容，让人摸不着头脑地说了声："什么？"巴厘岛女人往桌上靠了靠，她现在不再微笑了，非常真诚地说："笑话，这些笑话我全都学过。"马库斯·维尔纳闭上眼，温和地说："或许您给我们说上一个。"巴厘岛女人往上看看装饰着花环的天花板，说："金发女郎和泰坦尼克号的区别是什么？"我们都默不作声，她等了四五秒钟然后说："人们知道泰坦尼克号上有多少客人。"我们还是默不作声，她紧盯着我们，像是期待着从我们这儿得到个解释，一个对这个笑话的解释，她看上去极为真诚，两眼圆睁。马库斯·维尔纳依旧闭着眼，可是克里丝蒂安娜的脸上则挂着一种惹我发笑的、慌乱的表情。巴厘岛女人再往前倾身说道："该对从地下室台阶上摔下去的金发女郎说什么呢？"她又等了两三秒钟，她确实像是在数着数，然后自问自答道："把啤酒一块儿捎上来①！"与此同时紧张费劲地看着桌面，就好像她是在那上面把这些话照着念下来一样。接下来她直起腰，笔挺地坐在那儿，像是受过训练似的讲着。她挺直了腰说："怎么安葬一个金发女郎？"接下去就再也收不住了，她一个接一个地讲着金发女郎的笑话，十个、二十个、五十个金发女郎的笑话。我凝视着她，死盯着她那张陌生的、专注的、疯癫的面孔，也不知什么时候起根本就听不懂她在说什么，她讲得越来越快，不停顿地一问一答，再一问再一答；也不知什么时候我发现克里丝蒂安娜在——

---

① 德国住房通常都有自家地下室，除存放不常用的家庭用具外，由于温度较低，常存放各种酒类。

都多久了？——哭泣。马库斯·维尔纳的脑袋从我肩头滑到我的膝上，睡着了，他祖母那件部分光秃的皮大衣裹着他那张出奇的小脸，我把手放在他的颊下托着他的头，我感觉到了我的心脏在跳动，我感觉不错。

后来静下来，后面房间中的某一间响起闹铃声，导演醒了；窗外已大亮，巴厘岛女人沉默下来，没有丝毫倦意。她站起来，从我怀里拽起马库斯·维尔纳，他向她倒过去，她以一种温柔的动作给他把大衣从肩膀上捋下来，把他推到厨房长椅上，她把马库斯·维尔纳挤到长椅上，拿大衣给他盖好，还用栗色小手抚摸他的额头，后来还吻了他的嘴。克里丝蒂安娜和我起身穿上大衣，在厨房门口我们又一次转过身，在那边她穿着红连衣裙站在长椅旁注视着我们，真诚而坦率，她什么都没说，于是我们就走了。

外面依然很冷，一列早班有轨电车从我们身旁开过，导线上飞溅出带蓝色的火花，这座城市尚且寂静无声，光线亮得叫我眯起了眼。克里丝蒂安娜停下，把脖颈子上的头发扎在一起，我在想是不是应该攥住她的手，但我没去做。她脸色煞白，嘴唇发紫，后来我们跑起来，脚下的雪发出嚓嚓声。我想过，你，要是你睡了的话，这会儿也该醒了，你醒来会看着窗户上的冰花。

天很冷，有股子雪味儿，有股子烟味儿。你在倾听着你听不见的什么？话到嘴边，你欲言又止，是你不能够把话明说？你心神不宁了？我们曾有一回——这还不够吗——相遇过？我现在要去睡了，冬天有时叫你想起来什么，你不知道——那是什么。

洪特尔—汤普森—音乐

后来到底还是又出了点儿事的日子是复活节前的星期五。傍晚时分洪特尔回来，他在副食店买了成品罐头汤、香烟、白面包，在出售酒类的小店买了最便宜的威士忌。他累了，膝盖绵软无力，沿着八十五号大街走着，那个副食店的绿色塑料袋来回碰着他的膝盖，沥青路面上的三月残雪融化成灰色肮脏的泥浆。天很冷，华盛顿—杰弗逊字样的霓虹灯广告忽明忽暗地将一闪一闪的“旅店—旅店”投射进茫茫夜色之中。

洪特尔伸手推开那扇弹簧大门，一股热流把他拽了进去，叫他感到窒息，在旅店绿色狭长的地毯上印下了些黑色足迹。他走进昏暗的门厅，厅内用暗红色丝绸绷裱的墙壁、设有柔软皮长椅的屋角和巨大的水晶吊灯在述说着时间的一去不复返；丝绸都下坠成了波纹形，屋角皮长椅已经磨损褪色，灯架上少了些经打磨抛光、熠熠生辉的玻璃，每个灯架上仅装有两个，而不是十二个灯泡。这家华盛顿—杰弗逊店不再是旅馆了，它是一家老年收容所、贫民院，是终点前最后的、破败不堪的一站，是家鬼屋。极少会发生一位正常房客到这儿来迷路走失的事，只要没人死亡，房间后几个月都订满了；要是谁死了，那么一间屋子就会短时间空下来，以便接下来接着接收下一个老人，为期一年或两年，或者就四天或五天。

洪特尔拖着脚吧嗒吧嗒地往接待处走去，接待台后面的店主莱亚希正忙着一边抠鼻孔一边核查登在日报上的联系广告。洪特尔厌恶莱亚希，华盛顿—杰弗逊旅店里的每个人都厌恶莱亚希，只有那位把她饱经沧桑、伤痕累累的心献给他的老小姐吉尔例外。莱亚希对吉尔小姐不感兴趣，莱亚希只关心他自己，关心日报上的联系广告——净是些性欲反常的广告，洪特尔这么猜想——还有对钱感兴趣。洪特尔把副食店的绿色塑料袋放到磨损了的接待台上，深深喘了口气，说："信。"

莱亚希连头都没抬起来看，说："没信，汤普森先生，当然是没信。"洪特尔感觉到他的心给绊了个踉跄，心倒是没真的给绊个踉跄，只是突然停了一下，中断了跳动，迟疑片刻接着又继续跳动起来，心脏几乎是怜悯得像是要说——开个小玩笑。洪特尔左手把着柜台说："能不能请您至少查看一下我的信是不是在那儿。”

莱亚希以某人在做一件极其重要的事儿时老被一些极其不重要的事儿打搅的表情站起身，用厌烦的、程序性的姿势指着他身后空荡荡的格架说：“您的格层是 93 号，汤普森先生，如您所见，空的，一如每天那样是空的。”

洪特尔目不转睛地看着空格架，看着上面和下面所有的空格层，45 号格层里放着弗里德曼先生的《国际象棋》杂志，107 号格层放着温德尔丝小姐的《针织指南》，一大摞《针织指南》。“我觉得温德尔丝小姐已经有好多天都没取她的邮件了，莱亚希先生，”洪特尔说，“他们大概得看看她怎么样了。”

莱亚希没有回答，洪特尔怀着一种没什么滋味的胜利的喜悦心情从柜台上拿起塑料袋，乘电梯去了四楼。电梯叫人捏把汗地发出咕噜声，最后一次保修期早已超过，到了上面两扇门晃晃悠悠、嘎嘎作响地打开，走廊灯坏了，洪特尔心里不踏实地顺墙摸着走。自打三周前对面 95 号房间的怀特老先生去世以来，他在四楼这边拐角就是孤单一人了，他挺怕的。通往楼梯间门上的绿色“出口”牌子亮着微弱的灯光，走廊尽头的浴室里传出水声、响亮的擤鼻涕和咳嗽声，洪特尔浑身抖了一下；不到万不得已，他都在他房间的盥洗盆边上洗，尽可能少用那间有个又大又旧澡盆的公共浴室，他非常遗憾地觉得老年人大多都叫人感到恶心。

洪特尔扭转锁里的钥匙，开灯，锁上身后的房门，取出食品，躺到床上，闭上眼睛，合上眼睑。在昏暗中有些小绿点在上下跳动，房屋在转，老是在转，他头顶上的楼板在嘎嘎作响，什么地方的门吧嗒一声关上，远处电梯发出咕隆声。洪特尔能听见微弱的收音机播出的音乐声，有部电话响了，什么东西掉到地上发出沉闷的响声，街面上出租车的喇叭声传到他这儿。洪特尔喜欢嘈杂声，喜欢华盛顿—杰弗逊这家旅店，以一种郁郁寡欢、听天由命的方式。他喜欢自己月租四百美元的房间，他用六十瓦的灯泡换下天花板上那只二十瓦的，并在几扇窗户上装了蓝色窗帘。他把自己的书籍摆到书架上，录音机和磁带放到五斗橱上，两张照片挂在床的上方，有一把留给从未光临过的客人的椅子和一部一次都没响过的电话。盥洗盆旁边是台冰箱，冰箱上有个单层电炉，每间房都是这么配置的，每周一次床上铺上干净的被单，洪特尔在搬进来时坚持自己做这事，一想到女服务员乱翻他的书籍、笔记和磁带就让他觉得很不舒服。

洪特尔仰面躺下，把床前的窗帘拉到一边凝视着窗外，消防梯的楼层栅栏把阴沉的天空剪成了小方块儿，他睡着又醒了，坐到床沿上，稍稍看了一下两脚间有褐色图案的地毯，然后站起身。还会下场雪，就在三月份，这他能在骨头里感觉到，感到冷飕飕的、不舒服的发痒。疲倦感已消去，暖融融的，暖气发出喀嚓喀嚓声，老远的楼道尽头吉尔小姐尖细的嗓音在独自歌唱，洪特尔微微一笑，在电炉上把成品罐头汤加热，斟了杯威士忌，在电视机前吃了起来。有线电视播音员以一种冷漠的声调报道纽约布鲁克林东区一个青年男子在一家麦当劳射杀了三个员工，那个青年男子出现在电视屏幕上，是个黑人，大约有十七岁，三个警察在摄影机前抓着他，有个话外音在问作案动机。青年男子直视摄影机，看上去完全正常，他解释道，他订了个不带黄瓜片的巨无霸，特别强调不带黄瓜片，可他却还是拿到了带黄瓜片的巨无霸。

洪特尔关上电视，楼道里有房门发出轻轻的噼啪声，是 95 号房间。洪特尔转过头，有点儿犯糊涂地仔细听了听，没声。他洗干净盘子和锅，斟上第二杯威士忌，迟疑不决地站在了那些磁带前。到听音乐的时间了，到听那种音乐的时间了，每晚都那样，到抽支烟的时间了，到时间的时间了，要是不听音乐的话他该干什么好呢？洪特尔用手揉了揉眼睛，伸手摸了摸脉搏，心脏平缓地跳着，是不是听听莫扎特，或者还不如听贝多芬，舒伯特太悲哀了点儿，巴赫吧，约翰·塞巴斯蒂安·巴赫，《平均律钢琴曲集》，第一辑。洪特尔把磁带推进录音机，揿了播放键，磁带发出轻微的沙沙声，他坐到靠窗的椅子上，点了支烟。

格伦·古尔德[①]缓缓地、一张一弛地演奏着，其间洪特尔都能听见古尔德在轻轻地跟着一起哼，有时还急促地喘气。洪特尔喜欢这一点，这让他觉得很有个性。他坐在椅子上倾听着，听音乐时他要么能神思奇想要么根本就不会去想，两者皆妙不可言。出租车的喇叭声远在天边，吉尔小姐停止了歌唱，抑或是格伦·古尔德比吉尔小姐的声音更大。洪特尔房门外有块楼板发出喀嚓声。那块楼板响得很厉害，每当怀特老先生——他是来要烟抽或要威士忌喝或来找伴儿的——站在门口时，那块楼板总是响亮地发出喀嚓声。怀特先生死了，三周前死的，他是唯一曾在洪特尔门前站过的人。

洪特尔睁大眼睛盯着房门，与电影里不同的是，门把手并没有转动，然而却再次响起了喀嚓声。洪特尔的心骤然狂跳起来，纽约是座犯罪之城，没人会把这儿的他当回事，就是他喊起来，莱亚希想必也会假装忘记了警察局的电话号码。洪特尔站起来，蹑手蹑脚地朝门口走去，他的心现在可的确是给绊了个踉跄，他把手放到门把手上，深深吸了口气，使劲把门打开。

在“出口”牌的绿光中站着个姑娘，洪特尔看到一双脚趾蜷缩

---

① 格伦·古尔德(Glenn Herbert Gould, 1932—1982)，加拿大钢琴家。

在一起的很小的脚，左脚踝骨上有个都被挠破了的蚊子咬的疱，大脚趾的趾甲盖里有一丁点儿污垢。她浴衣的贴边都破成一缕一缕的，蓝色浴衣两边的口袋上缝有白色兔形镶饰，她把浴衣在腰间紧紧扎住，腋下夹着条毛巾和一瓶香波，右手捂住脖子下面的浴衣。她的嘴很薄，一副兴奋激动的样子，水从她湿漉漉的头发上均匀地滴到走廊的褐色地毯上，她眯起眼，绕过洪特尔往屋里张望，左眼下面长着一个很小的痣。洪特尔不由自主地往自己下面看，倒是发现看不见自己腰带上的系扣，因为肚子挺了出来，姑娘说了句像是"音乐"什么的话。

洪特尔把门往自己身边拉，好挡住她投向屋里的目光，他又能听见吉尔小姐在唱歌了，她唱着"我的宝贝，你让我疯狂"，由于某种原因这叫他难堪，姑娘说着类似于"抱歉、音乐"什么的，她一边笨拙地、像个小孩子一样说着这几个字，一边用右脚趾在左腿肚上搔痒痒。

洪特尔起了一身鸡皮疙瘩，他往外走到楼道里，还随身带上门，说："要干什么？"姑娘往后退了退，把那张薄薄的嘴撇得都走了样，洪特尔感觉到他的手在门把儿上抖个不停。姑娘把毛巾和香波从右腋换到左腋下并说："您是在看电视还是在听音乐？"洪特尔目不转睛地凝视着她，他依稀回想起上一个电视节目秀，他听不懂她的话，她在说一种密码，而他却解不开这个密码。他是在看电视还是在听音乐，这是什么意思？

她说："电视还是音乐？广告，广告呢还是确确实实是音乐？"

洪特尔迟疑地重复着："确确实实是音乐。"而姑娘现在都不耐烦了，踮着脚来回晃着，说："巴赫。"

洪特尔说："是的，是巴赫，《平均律钢琴曲集》，格伦·古尔德弹的。"

她说："瞧，怎么样，也就是说您是在听音乐。"

洪特尔深深喘了口气，觉得腹胀加重，但马上又好多了，他当然是在听音乐，他要回到开头，回到第一个问题，他感到很难将自己的慌乱瞒过她，他担心自己看上去像个老笨瓜。他又说了一遍，这次更为坚定："要干什么？"然而姑娘却慢慢悠悠地、以一种她的学生终于弄明白了事理的女教师的腔调作答："我在您门前站住脚听音乐来着。"

洪特尔不解地微微一笑，想到狗发怒时龇牙咧嘴的样子。吉尔小姐唱着"我在热恋中，可我懒得动"，他感到非得把她那满是皱纹的脖子就跟个连环漫画上的鸭脖子一样拧下来不可。他哧哧地笑了起来，姑娘也咯咯地笑，她说："那位脑子不正常，对吗？"洪特尔收住了笑，生硬地说："她老了。"

姑娘扬起了左眉，洪特尔按下门把手，准备回屋去，尴尬地说了声："那就这样吧。"

姑娘果断地吸了口气，两只脚来回跺着，连珠炮似的说了三句话，洪特尔注意力得高度集中，她说：“您知道，我在旅途中路过这儿。住 95 号房间。听到了您的音乐可真棒，因为那帮家伙把我的录音机偷走了。”

洪特尔插到她说“偷走了”的话里：“谁？”他觉得必须赢得时间，他有些力不从心了，就这家旅馆而言她可是太年轻了，她说的话又这么奇怪。她说：“那帮出没在火车站的家伙，他们把我的背包和我的录音机还有我所有的磁带都偷走了，现在我再也听不到音乐了，这可真糟，没音乐没法儿过。”她急切而殷勤地看着洪特尔。

洪特尔说：“很遗憾。”他求助般地朝昏暗的走廊望过去，吉尔小姐停止了歌唱，他抱着她要朝电梯这边走来、这种情形得以中断的一线微弱希望。吉尔小姐没来，那姑娘，洪特尔感觉到她在观察他，用一种异乎寻常的声调说：“您住在这儿？”洪特尔再次把头转向她，她满嘴边儿都是一种近乎残酷的表情，而且她的上半身意欲攫取地往前倾，她的头发还一直在滴着水。

“是，”洪特尔说，“我的意思是，我……”他停住了，想试一试让她干脆就站着，自己回房间并在她鼻子前把门砰地给关上。

“这是家不寻常的旅店，您不觉得吗？”姑娘问，她现在把手放在浴衣口袋里，兔形镶饰伤风败俗地朝外隆起。洪特尔觉得疲惫得要死，他想念着格伦·古尔德，想念他房间的蓝色窗帘，渴望着睡眠。他对这些都不习惯了，对会面、交谈都再也不习惯了；他说："对不起。"姑娘装腔作势地叹了口气，从浴衣口袋里掏出钥匙，抚慰地含笑注视着洪特尔。"我们一块儿去吃饭好吗？也许在明天晚上，您会给我指点一家好餐馆，聊聊这个城市的情况，您都了如指掌。"洪特尔在想他都好多年没再去过餐馆吃饭了，在想他对好餐馆一窍不通，在想他对这个城市什么也讲不出来，在想他根本就一无所知。他说："当然，好的。"他八成会对一切说："当然，好的。"姑娘冷笑着说："那就明晚八点，我接您，晚安。"

洪特尔点点头，在她开房门时凝视着她的后背，浴衣的毛巾布顺着她的脊椎往下湿漉漉的都成了深色，他凝视着她关上了的房门，听着她在里面哼曲刷牙，看着门里边的灯光熄灭，他没了把握是否还有劲走回自己的房间。

早晨他醒了，是因为吉尔小姐在公用浴室前的楼道上和多布里安先生吵起架来，吉尔小姐的嗓门尖厉地穿透进他的房间，嗓音发颤，听上去觉得是大获全胜。"下流坯！"吉尔小姐高叫着，"下流坯，卑鄙的西班牙人，流氓！每回女人洗澡就闯进来，我要告诉莱亚希先生！"洪特尔听见多布里安先生那虚弱、疲惫的耄耋老人的声音——"吉尔小姐，您是故意不锁门，您要是锁上，就不会出这种事了！”——每天都是相同的这一出。吉尔小姐从不锁门，谁要是进来，看见她赤条条、皱巴巴、干瘪枯槁地在里边疯疯癫癫地站着，便会恶心地撒腿跑出来，接下来就得听完这段叫骂。洪特尔叹了口气，扯被子蒙上头，睡意像围巾一样从他身上滑落，姑娘一头湿漉漉头发的面孔刹那间浮在眼前。他想到了那个约会，想到了晚上一同进餐，于是感到胃里一阵痉挛，他不该去揽这事，不该应承下来。他不知道该跟她说什么，觉得她有点儿幼稚，为女人去考虑的年代早已过去，在这种情况下要跟一个素不相识、太过年轻的姑娘一同外出是个多么疯狂、多么滑稽可笑的想法。

洪特尔坐起身，透过窗户往天上看了一眼，天灰蒙蒙的，乌云密布，复活节星期六，休息日，可怕的休息日。吉尔小姐没完没了、呼天抢地的叫骂声顺着楼道远去。洪特尔站起来，洗脸、穿衣、开窗，凝神往下看了一会儿潮湿的清晨街道。一个胳膊夹着纸盒子的胖墩墩的小孩摔倒了，爬起来，接着跑了。洪特尔乘电梯到底层，忙不迭地朝门口走，忙不迭地逃避莱亚希的声音，太慢了。

“汤普森先生！”莱亚希的嗓音听起来既诱人又叫人反感，洪特尔保持着步调朝接待处半转过身，他没回答。

“您都看见了吧，汤普森先生？”

“我都看见谁了？”洪特尔说。

“那姑娘呀，汤普森先生，我可是为了让你高兴才把95号房给了那姑娘！”莱亚希在行地将一种如此叫人恶心的重读放到了“姑娘”这个词上，以致洪特尔都打了个寒战。

“没有，”他说，手已经搁在了弹簧门的玻璃上，“我还没见着她。”可莱亚希在他身后得意扬扬地喊上了：“您是在蒙人，汤普森先生！她今儿早上都跟我说了，她跟您聊过，她可真是满心喜欢，汤普森先生！”

洪特尔放手任凭弹簧门狠狠关上，走到清冷的大街上并啐了一口，看样子那姑娘比他想的还傻。他沿着八十五号大街往下走，直到百老汇大街，尽管是周六而且还是大清早，那儿都已经堵起了车，交通信号灯红红绿绿地闪着，人群从商店涌出，在七十五号大街街口耸立着一只梦魇般硕大的复活节兔，它在把巧克力蛋往人群里扔。洪特尔走着，漫无目的，沉浸在沉思默想之中，天空雨意正浓，空气中有种冰冷的嗞嗞声，他被人撞了一下，在百老汇和六十五号大街的街口足足站了有五分钟，直到有个卖报人叫他注意都第三次亮绿灯了。他反身走上去公园的路，在“百吉”买了份带走吃的三明治和咖啡，一个中国乞丐挡住了一些人的去路，还扯着他们的购物袋，洪特尔绕开道走，撞上了一个肥硕的女黑人，道了声歉，她笑嘻嘻地说：“道什么歉呀，宝贝。”美食家大排档前坐着些职员在吃塑料盒里的沙拉，他们并排坐着，所有的脚都保持着相同距离。“电太多！”一个精神病患者在麦西商店前大喊大叫，自打洪特尔能记事以来，他就站在那儿大叫：“电太多把人弄疯了！”行人大笑，把十美分硬币扔到他脚下，他从不去捡。洪特尔拐进一条侧街，这儿静多了，三层红砖楼的一扇扇门前都有配黄饰带的绿色花环，他坐到公园里，喝着变凉的咖啡，吃着三明治，一天的时间正从他身旁掠过，近午时分，天开始渐渐下起雨来。

洪特尔坐着不动，畦田上鸽子在啄食像耗子药一样黄的谷粒，一个足蹬滑轮鞋的姑娘嗡嗡滑过，黑人保姆和一些看上去病恹恹但又高傲自负的白人小孩手拉手坐到他旁边。洪特尔的目光老是定在他两脚间的砾石上，是带白斑的灰色砾石，他感觉到身上各关节、他的双手有种他不熟悉的不安，是一种与雪无关的不安，尽管昨晚那种凉飕飕的发痒感觉愈发强烈了。这个平日叫他平静和困倦的公园，今天却是一副难以接近、拒人于千里之外的架势，一个上年纪的亚洲女人用金属架在垃圾桶里又是捅又是拨，自个儿絮叨着，后来一无所获，全没了兴趣，消失在草地另一头的树林当中。一只鸽子一头栽倒在洪特尔的长凳前，爪子还抽搐着，一动不动了，洪特尔挪到下一张长凳上坐下。乌云移至一边，让出了一个灰蒙蒙、暗淡无光的三月天，他惶惶地想着：时间，时间。他什么都不想了。

长凳间长长的斜影还在移动，他离开了公园，到百老汇大街往回走。下班时的交通与早上一样拥挤不堪，他拐进八十四号大街，街口地下停车场无所顾忌地吐出一辆又一辆汽车来，洪特尔换到街的另一面走，觉得很冷，双手再往里揣进大衣兜里，伦尼的商店亮着灯。

洪特尔小心翼翼地推开那扇小玻璃门，被门后的毡帘缠住了，昏暗中绊了个踉跄，现在都能听见伦尼在低声发笑，他从帘子里绕出来，也笑了，倒是老大不情愿。伦尼坐在收银台后面他那满是尘土的摇椅上，像个姑娘似的把手捂在嘴上。“别这样。”洪特尔说。伦尼夸张地吸了口气，消失在收银台下面的货架中，随后拎着一瓶威士忌和两只杯子又冒了上来。店里很暖和，黄澄澄的灯光中尘絮在闪烁，有股子纸味儿和发潮的木料味儿，伦尼的摇椅就在书籍、画框、万圣节面具、腐朽了的小箱子和一匹匹衣料、塑料花、食品罐头、发黄了的明信片当中，还有雨伞、假发和棒球棍。洪特尔从一把花园用的椅子上将一摞老掉牙的彩票挪开坐下，伦尼斟上威士忌，灰尘像是在他脸上皱纹里都积累了下来，厚厚的眼镜后面两眼潮乎乎地闪着光。他说：“你前天刚来过这儿，汤普森。”洪特尔微笑了一下说：“我马上就走。”伦尼没有回答，连同他的摇椅一块儿晃荡回这爿店的昏暗当中。威士忌的味道有点发咸，什么地方在滴水，街上的嘈杂声远远离去，洪特尔暖和过来，他不清楚自己怎么就在这儿了，他都不再想弄清楚他怎么就在这儿。他就想这么坐着，就像他老来这儿坐着那样，平静、持久、无缘无故，然后走开。伦尼在观察着他，他感觉到了，伦尼很鬼，现在他喉咙里发出呼噜声，把痰吐进一只旧铁盘里，说："汤普森，你不就是想买点什么嘛。"

洪特尔站起身，那把花园用的椅子发出喀嚓声，他都能在自己耳朵里听见血在哗哗流淌，他说："我想要个录音机，普通的，就这么个小小的、能携带的，我想，你有这玩意儿，也许吧。"他竭力让他的声音听上去有种随随便便的、漫不经心的音调。伦尼眼镜片后面的眼眯成了缝，"你有个录音机，汤普森，干吗要第二个？"

洪特尔轻咳一下，真想避开伦尼的目光，当下就后悔怎么就问了这么一句，他不会撒谎，说："我想拿它送人。"伦尼往边上看，他一前一后地摇着晃着，慢腾腾、懒洋洋，轻轻吹着口哨，摇着头。洪特尔小心翼翼地喘着气，伦尼站起身，消失在店堂深处，玻璃碎了，书掉了，起灰了，伦尼咳嗽着、咒骂着，来回撕扯着什么。回来了，他满是骨节、布满褐斑的手上捧着个小小的、简直就是小巧玲珑的、机盖银光闪闪的录音机。

洪特尔冒汗了，大衣领子刮得脖子生疼，羊毛围巾叫人发痒，洪特尔觉得燥热难当。伦尼把录音机放到收款台旁边，拿块抹布在上面来回擦拭着，一脸担心的样子，他看上去的确很是担心。洪特尔扭过头去，连人带椅子挪回到朦胧昏暗之中。伦尼朝前倾了倾身，说：“你是知道我什么都不卖了，只是在这儿坐着，我什么都不卖了。”

“是，”洪特尔虚弱地说，“这我知道。”

伦尼宽厚地叹了口气，又啐了口痰，然后咯咯轻笑了起来：“我对你感到吃惊，汤普森，我的确是很吃惊，我不认为你要把这台录音机送给莱亚希，或者是给吉尔小姐。”他透过厚镜片朝洪特尔那边察言观色，秃顶上一缕尘絮在颤抖，“汤普森，这台录音机是给谁的？”洪特尔没回答，他感觉到那种疲劳感是如何在他肩胛骨间扩散开来，他用手背去擦额头上的汗。伦尼从收银台后面出来，拿脚踢倒两摞子书，把那台小录音机放到洪特尔的膝间。他说：“拿去吧，我用不着它了，要是你后悔的话，再给我拿来，汤普森……”伦尼就此打住，嗒吧嗒吧地拖着脚走回摇椅，坐下，细细查看着铁盘里他吐的痰。洪特尔摸着银光闪闪的机盖，又凉又滑，他盼着伦尼还会说点儿什么；盼着他会把录音机又给他拿走；盼着自己回到自个儿的房间，回到床上，回到昏暗之中。伦尼沉默不语，水在滴着，什么地方的纸在沙沙作响。洪特尔站起来，把录音机拿到手中，朝门口走去，说了声：“多谢。”——“不用谢。”伦尼从他摇椅深处撂出话来，洪特尔背对他站着，等待着，感觉到心跳，伦尼说：“汤普森？”洪特尔清清嗓子，伦尼说：“你还来吗，明天，后天？”洪特尔说：“肯定来。”把毡帘拨到一边，打开小玻璃门，闻到股雪味。“但愿如此。”伦尼说。洪特尔出门走到寒冷昏暗的街上。

莱亚希坐在华盛顿—杰弗逊旅店接待处柜台后面，读着日报，没抬眼。洪特尔把录音机藏在大衣里，乘电梯上楼，沿着楼道蹑手蹑脚地走，开他的门锁，锁上身后的房门，他的膝盖在颤抖，六点四十五分，楼道还有95号房间都静悄悄的。

一小时，正好一小时，她就来了。洪特尔坐在靠窗的椅子上，死盯着衣柜，他把录音机裹进报纸里，并在上面绑了根毛线，录音机立在桌子上显得挺好笑的，洪特尔把目光移开，走到柜子跟前取出他的西服。这套西服是黑色的，有股子灰尘味儿，膝盖和肘部都破了，领子发亮。这身衣服上次他还是在怀特先生的葬礼上穿过，这是华盛顿—杰弗逊店葬礼专用套装，而他今晚要穿上这身行头的想法叫洪特尔禁不住发出一阵偏激的笑声，他觉得恶心，胃里、整个心脏还有喉咙里都觉得恶心，他把西服扔到床上，让热水往盥洗盆里流。那姑娘能耐还没大到能促使他到公用浴室去洗澡的地步，那姑娘根本就促使不了他去洗澡，他是会刮胡子、去梳头，反正没什么戏。洪特尔在盥洗盆上方镜子前非常缓慢地睁开眼睛，镜子很小，蒙上了一层水蒸汽，洪特尔看着自己在温润、白色蒸汽中的脸。他小心翼翼地刮着胡子，双手抖得厉害，稍微划破了点下巴颏，血冒了出来，是种异样的、不健康的红色。洪特尔干呕了一口，深深地吸气，让凉水浇在手腕上，数着数，能闻到剃须泡沫味，闻到香皂味，薄荷香型的。他用一小片报纸止住血，穿上套服，衣袖太短了，还少了一粒纽扣，洪特尔感觉像是人在梦中，梦游似的，差不多都无关紧要了。他点上支烟，提起裤腿坐到床沿上，咳嗽着，七点四十五分了，他等着。

消防梯栅栏之间呈正方形的天空灰暗模糊起来，接着全黑了，下起濛濛细雨，床头柜上闹钟发出滴答声，暖气片中的水在哗哗流淌，整栋楼在左右摇晃，就片刻工夫，处在一种少见的、不同寻常的动荡中。像只船，洪特尔想着，像只船，解了缆绳，早就离岸而去，我只不过没发觉罢了。所有的嘈杂声像是远在天边，闹钟的指针转圈儿跋涉，拉走了多少个小时，姑娘没来，当然她没来，洪特尔躺在床上微笑，盯着天花板，那上面的水渍、石膏花饰上的裂缝，失望地如释重负。她要是真来了的话会出什么事，那该会是个什么光景，这晚在一家高级餐厅，服务生面带讥讽的微笑，裤兜里的小钱，颤抖的双手，食不下咽。她本该说上些什么，他本可以什么都不说，仅是谛听自己的心跳，那种跳动兴许会变快、变得更快，于是乎……洪特尔躺在床上微笑着。“时间，”他在想，“时间跟时间。”闹钟在十一点钟停了下来，他把被子拉过膝盖，侧身蜷伏着，目光在屋里一件件东西上摸索着，在它们那磨光的、柔和的熟悉轮廓上摸索着。真暖和，困倦感来得好猛，妙不可言。

午夜时分，95 号房门砰地关上。洪特尔没听见那姑娘的声音，没听见昏暗楼道里那轻盈的、富有弹性的脚步声，听到的大概是一种非同寻常的窸窣声，他坐起来侧耳细听，一片寂静。他站起身，有点儿发晕，眼前一黑，后来这股劲儿就过去了，他又脱去套装，上衣、裤子，现在都压出了褶了，皱巴巴的，认真仔细地把它们挂回柜子里，站在磁带前，莫扎特和巴赫，忧伤的舒伯特还有简朴、温柔、亲切的萨蒂①，礼拜天唱的葡萄牙法多②歌曲和詹妮斯·乔普林③的那种噪音，对于她，他可是太老了，向来都是太老了。有的时候，在忘乎所以之余，来上一曲阿斯托尔·皮亚佐拉的，这个美国人，这个来自加利福尼亚高大、乖戾、丑陋的怪人，他只听过此人的一首歌，是电影《新泽西女孩》里的，可那首就叫他喜欢上

---

① 萨蒂(Erik Satie, 1866—1925)，法国作曲家，其简朴而不落俗套的、常常是妙趣横生的风格对二十世纪音乐的发展，特别是对法国音乐有着重要影响。

② 法多(Fado)，一种忧伤的民间歌曲，常以简单的吉他伴奏。

③ 詹妮斯·乔普林(Janis Joplin, 1945—1970)，美国女摇滚歌手，死于吸毒。

了。又是莫扎特和舒曼，中间还夹着一张史蒂文斯①的唱片，哪儿来的这张？洪特尔用手轻轻拂过一盒盒磁带，摇摇头，难为情地笑了笑，探戈舞曲，卡拉斯②唱的咏叹调，音乐和时间，时间，冬日旅行，那些他在汤普金斯广场边的跳蚤市场上买下的、还不熟悉的非洲歌曲，七年过去了，或者是八年，或者都十年了。洪特尔没流眼泪，手里翻过磁带，都辨认不出自己的笔迹来了，爵士乐和抒情诗，杜鲁门·卡波特③的声音。接下来他开始打包，从柜子里取出一个小鞋盒，把磁带装到里边，非常整齐，背面挨背面，有些磁带没写标签，她得自个儿去看了，还有录音机里的那盘格伦·古尔德弹的磁带，还有这盘，洪特尔什么都没忘。那姑娘在敲门，已经很晚了，有多晚，都这么晚了④。洪特尔把盒盖儿扣到鞋盒上，把鞋盒放到录音机小包上，把门开一条缝，把两样东西推到楼道上。

姑娘说："请开开门。"她一条腿伸进门缝，洪特尔两手把腿推挤了出去，说："复活节快乐。"关上门。姑娘在门外又说了声："请开开门。"还说道："很抱歉，我知道，我来得太晚了。"洪特尔

---

① 史蒂文斯(Denis Stevens, 1922—2004)，英国音乐史家、指挥家。

② 卡拉斯(Maria Callas, 1923—1977)，美国女高音歌唱家。

③ 杜鲁门·卡波特(Truman Capote, 1924—1984)，美国小说家、剧作家。

④ 原文为Es ist schon spaet, wie spaet, und wie spaet。该句为典型的海尔曼语言风格：把对话改成叙述句，并压缩裁减句子的成分。第一句为洪特尔所说，后两句为姑娘自问自答。

蹲在地上没有回答，他都能听见她的呼吸声，能听见她怎么去捡起两只小盒子，打开鞋盒盖，撕掉小包的报纸，她“啊！”了一声，磁带相互碰撞发出轻微啪嗒声，她说了声：“哎呀，天呐。”接着就失声痛哭起来。洪特尔两手放在脸上，用拇指往闭上的眼睑上按，直按得五颜六色都迸了出来。姑娘在楼道里哭着，她可能在沾沾自喜中感到空虚，可能是大失所望，洪特尔把头靠在门上，头是这般沉重，他什么都不想听，但还是在听着。姑娘说：“您不需要非得这么做呀。”洪特尔开口了，声音非常小，他不知道她是否能听清他的话，但是他到底还是自言自语地说：“我知道，可我就想这样做。”姑娘说：“谢谢。”洪特尔点点头，听见她大衣的沙沙声，肯定是件塑料大衣，还可能是绿颜色的，她用身子挤挤门，门没松动，她问：“您就不想再开了？”洪特尔摇摇头。她说：“就一个问题，最后一个问题，您能回答我一个问题吗？”——“行。”洪特尔说，对着门和墙之间的缝隙往里头讲，他猜她的嘴差不多就在那儿，那张薄薄的、激动的、惶惑不安的嘴。她说：“我想知道您为什么住在这儿，到底为了什么，您能告诉我吗？”洪特尔把脸贴在门缝上，有点透风，冷风钻进来，一丝凉意，他又闭上眼睛说：“因为我能离开。每一天，每天早晨装好箱子，身后带上门，出发。”姑娘默不作声，后来说：“到底去哪儿？”洪特尔马上答道：“这完全是多余的问题。”挤门的劲儿减弱了，塑料大衣沙沙作响，姑娘像是站了起来，门缝上凉飕飕的穿堂风没了。“那是，”她说，“我明白了，晚安。”“晚安。”洪特尔说，他清楚她会收拾好她的行李，装上那台录音机、他的音乐，然后就动身离开，在天大亮前。

夏屋，以后

史泰因是在冬天找到的那栋房子。十二月初头几天他给我打电话说了声“喂”就不吭声了，我也一声不吭。他说：“是史泰因。”我说：“知道。”他说：“你还好吗？”我说：“干嘛打电话？”他说：“我找到了。”我不解地问：“找到了什么？”他像是受了刺激似的回答：“房子！我找到那栋房子了。”

房子，我想起来了，史泰因还有他那栋房的废话。离开柏林，乡间别墅，庄园住宅，大宅子，椴树在房前，栗子树在屋后，房上头一片天，勃兰登堡边区的湖泊，至少三摩尔干①的地。摊开地图，标上记号，一连数周在这个地区开车转悠，找呀找的。每次跑完回来，他都是一副怪怪的样子。大家都说：“他不过是说说而已，

---

① 摩尔干(Morgen)，欧洲的土地面积单位，1 摩尔干约等于 0.25 到 0.34 公顷。

这事成不了。”要是我没见史泰因本人，我都忘了这档子事了，就和我把他都忘了没什么两样。

我不由自主地点上支烟，每次史泰因也不知怎么就冒了出来，弄得我不大想得起事来时都这样。我迟疑地说：“史泰因？你买了？”他喊了起来：“对！”然后听筒就从他手里掉了。我还从来没听见他喊叫过，后来他又凑在话筒上继续喊，喊着：“你可得好好看看，叫人难以置信，真漂亮，棒极了！”我没问干嘛偏偏我得好好看看，我留心听着，尽管他接下来好长时间什么也没说。

“你这会儿在干嘛？”他终于问，听上去简直有点色迷迷的，而且嗓音微微有点儿发颤。“啥都没干，”我说，“就这么瞎待着看报。”——“我来接你，十分钟内到。”史泰因说着就挂了电话。

五分钟后他到了，我给他开了门，他拇指还没从门铃上挪开，我说：“史泰因，烦得慌，别摁了。”我本来是想说：史泰因，外面那么冷，我可没兴趣跟你出去，滚吧。史泰因停手不再摁了，歪着脑袋，想要说什么，可什么也没说。我穿上衣服，我们开车出发，他的出租车里有股烟味儿，我摇下玻璃窗，把脸伸到冰冷的空气中。

跟史泰因的关系，像大家说的那样，那时都已过去了两年，这种关系没持续多久，主要是源于乘他的出租车一起兜风。我是在他的出租车里认识他的，他送我去参加一次庆祝活动，在高速公路上将一盘“赛车”乐队①的磁带塞进录音机里，当我们到了那儿时，我说庆祝活动现在在别处了，于是我们接着开，也不知什么时候他关掉了计程表。他一块儿来到我的住所，把他那些塑料袋摆在我屋里的走廊上，一待就是三星期。史泰因从来没拥有过一处自己的住所，他带着这些兜子袋子满城迁徙，时而睡在这儿，时而睡在那儿，要是没找到地儿就睡在他自己的出租车里。他不是世人所想的无家可归的那号人，他整洁干净、穿着得体、从不邋遢，他有工作有钱，就是没个自己的住所，大概他不想要吧。

在史泰因住在我这儿的三周时间里，我们开着他的出租车跑遍了全城，第一次穿过法兰克福林荫大道，直开到这条街的尽头再折回来，我们听着“大举进攻”乐队②的曲子，抽着烟，足有一小时往返于法兰克福大街，直到史泰因说“清楚啦？”为止。

我的脑袋整个儿都空荡荡的，觉得被掏空了，处在一种奇特的漂浮状态中。我们前面的宽阔街道，被雨水淋得湿漉漉的，刮雨器

① “赛车”乐队(Trans-Am)，来自华盛顿的摇滚乐队。
② “大举进攻”乐队(Massive Attack)，英国摇滚乐队。

在挡风玻璃上晃着，一前一后。街道两旁的斯大林式建筑高大、异样、漂亮，这座城市不再是我所认识了解的城市，它自给自足且又空无一人，史泰因说“像头绝种的巨兽”，我说，我懂他的意思，我停止了思考。

打那以后我们几乎总开着那辆出租车到处转悠，史泰因为每一段路程备上了不同的曲目，“想象”乐队用在公路上，大卫·鲍伊[①]用在市内，巴赫用在林荫道，“赛车”乐队只在高速路上放。我们几乎老在高速路上跑，下第一场雪时，史泰因在每个高速路旁的停车场边从车里钻出来，一路狂奔到积雪覆盖的田野上，在那儿做些缓慢专注的跆拳道动作，直到我笑着发脾气吼上几句他该回来了、我要接着开、我冷了什么的才算完。

也不知什么时候我腻味了，给他把三个塑料袋捡到一块儿说，是给自己找个新落脚地儿的时候了。他道声谢走了，搬到住在我楼下的克里丝蒂安娜那儿，后来搬到安娜那儿，搬到亨丽埃特那儿，搬到法尔克那儿，以后搬到其他人那儿住。他和他们所有的人上

---

① 大卫·鲍伊（David Bowie，1947—2016），英国摇滚歌手。

床，这免不了，他长得相当的俊，法斯宾德①都会在他身上得到强烈的快感。他是在场，可又不在；他不是圈内人，但由于某种原因又待了下来。他在法尔克的摄影室里坐着当模特儿，在安娜的演奏会上铺设电线，在红色沙龙听海因策的作品朗诵。他在剧院里拍巴掌，要是我们拍的话；喝上点儿什么，要是我们喝的话；吸上些大麻，要是我们吸的话。许多庆祝活动他都在场，每年夏天，在我们出去到那些年久失修、东倒西歪、他们大伙儿不久后全都买下来的、在腐朽了的栅栏上还涂着“柏林人滚出去”的乡间小别墅时，他都一块儿来，有时候我们当中的某一个带他上床，有时候有那么一个还得在一边等着呢。我可不，我这人不吃回头草，我可以说——这不是我的作风。我都记不清那事，也就是跟史泰因性交是怎么一回事来着。

我们和他一块儿懒散地坐在那里，坐在我们跟他们一点儿关系都没有的那些人的花园和宅子里，那里面曾经住过工人、小农、园艺爱好者，这些人厌恶我们而我们也讨厌他们。我们有意回避当地人，一想到他们啥都砸了，就是合不到一块儿去。我们

① 法斯宾德（R. W. Fassbinder，1946—1982），德国电影和戏剧导演、作家、演员，二战后“新德国电影”的代表。法斯宾德是双性恋者。

窃取了他们那种“在自家人中间的感觉”，使村庄、田野还有天空都走了样儿，这一点他们很清楚，而且是气冲冲地从我们如何拿着逍遥骑士[①]的步态溜溜达达、把抽剩下的自卷烟蒂拿手指头弹到他们花园前边的花坛上、相互推搡的做派上看出来的。然而我们就要待在那儿，不管你想怎样。在这些房子里我们撕下墙纸，清理掉没完没了的塑料加塑料[②]，史泰因来干这事；我们坐在花园里，喝着葡萄酒，百无聊赖地瞅着蚊群中的树丛，聊着卡斯脱尔夫[③]和海纳·米勒[④]还有瓦韦齐内克斯上次在人民剧院演砸了的事。要是史泰因活儿干够了，就坐到我们这儿来，聊天呢他是没词儿，我们吸食 LSD，史泰因也沾点儿。托蒂跌跌撞撞地闯进夜幕当中，摸到了什么都乱喊一通“蓝蓝的”。史泰因快活得有点夸张地微笑着，并不做声。他不曾获取到那个，也就是我们吹毛求疵、神经衰弱、残败不堪的目光，尽管他在为此而努力着。通常他观察我们的劲头就好像我们是在台上演戏似的，有次我和他

---

① 《逍遥骑士》(*Easy Rider*)，美国影片(1969)，讲述流浪摩托车手的故事，主人公追求绝对自由、懒散、特立独行。

② 原文为 Plaste und Elaste，重叠词，该词有特定所指：在原东德，塑料制品成为一时的时髦，成为东德时期的特征之一，这里暗示屋子位于前东德地区。

③ 卡斯脱尔夫(Frank Castorf，1951—)，德国人民剧院艺术总监。

④ 海纳·米勒(Heiner Müller，1929—1995)，德国剧作家。

单独在一起，大概是在海因策那座位于卢诺夫[1]的乡间别墅花园，其他人吸着 Speed[2] 看落日去了，史泰因收拾起杯子、烟缸、酒瓶还有椅子。他归整停当，不多久就没什么东西能叫人想起还有别的人。“来点儿葡萄酒？”他问。我说：“行。”我们一声不吭地喝酒抽烟，每次对视时，他都微微一笑，如此而已。

“如此而已”，我在想，就在此时此刻坐在史泰因身旁的出租车里。去普伦茨劳方向的法兰克福林荫大道，午后的交通，天气阴沉寒冷，空中尘土飞扬，挨着我们开的是些呆视着前方、傻乎乎的、伸出中指的、打着哈欠的、疲倦不堪的司机，我抽着烟自问为什么偏偏非得是我眼下坐在史泰因身旁；为什么他偏偏给我打了电话——因为是从我这儿开的头，对他而言？因为他没联系上安娜或是克里丝蒂安娜或是托蒂？因为那一伙儿没人跟他出去？那为什么我跟他出来？我找不出个答案。我把烟头从车窗扔出去，对我们旁边开车人的指指点点无动于衷；出租车里冷得要命，“暖气不对头吧，史泰因？”史泰因没回答，自打那个时候以来，这是我们第一次一块儿又坐在他的车里，我宽慰地说了句：“史泰因，一栋什么

① 卢诺夫(Lunow)，柏林周边的地名。
② 一种兴奋剂。

样的房子，花了多少钱？”史泰因心不在焉地瞟一眼反光镜，连续多次闯过红灯，不停地变换着车道，把烟头上的余火都吸到嘴唇边儿上，“八万，”他说，“花了八万马克，真漂亮，我一看就知道——就它了。”他脸上泛起红斑，在跟一辆大巴争抢先行权时，伸开手掌使劲摁着喇叭。我说：“哪儿弄来的八万马克？”他瞥了我一眼说：“你在提不当的问题。”我决定什么都不再说了。

我们离开柏林，史泰因从高速路下到公路上，天开始飘起雪来。我犯困，每次乘车都那样，我盯着雨刷，盯着转着圈儿扑面而来的飞舞的雪花，想着两年前和史泰因那次开车出行，想着那种不同寻常的亢奋，那种冷漠，那种生疏。史泰因开得稳多了，时不时还瞥上我一眼。我问：“录音机不灵了？”他微微一笑，说：“还行，我不知道……你要是还喜欢那样的话。”我翻起白眼——“当然还喜欢”——把那盘卡拉斯的磁带塞进机子里，那盘磁带上史泰因把多尼策提①的咏叹调一连合成了有二十遍，他笑了，“你还记得这个”。卡拉斯在歌唱，她把嗓音提上去又把嗓音压下来，史泰因加速上去又减速下来，我忍不住笑起来，用手蹭了一下他的脸，皮肤异常粗糙，我心想：“那正常是什么样儿呢？”史泰因说了声：“看

---

① 多尼策提(Gaetano Donizetti, 1797—1848)，意大利作曲家。

着点儿。”我看得出他马上后悔说了这话。

过了安格明德①他从公路拐出来，在一幢六十年代的简陋低层平顶房的入口前猛地来了个急刹车，叫我连脑袋都撞到了挡风玻璃上。我失望不安地问了声：“就这？”可史泰因却喜气洋洋地在结冰的水泥路上做出夸张的动作，朝那个从房门走出来的、身穿厨房罩衣的女人溜了过去。一个苍白瘦小的孩子紧紧扯住她的罩衣。我摇下车窗，听着他是如何以一种和蔼可亲的热情劲儿喊了声“安德森太太！”——我一贯憎恶他那种跟这类人打交道的方式——看着他是如何把手伸给她，而她又是如何连碰都不碰把一大串钥匙撒手撂到他手里。“上冻时停水，”她说，“管道坏了，电他们要到下周才接通。”扒扯着她罩衣的孩子开始大哭大闹。“没事儿。”史泰因说，朝汽车溜了回来，在我摇下的车窗前停住，幽雅而又猥亵地把他的胯骨扭了个圈，说：“来吧宝贝， 块儿享受享受。”我说：“史泰因，别这样。”我都感觉到我的脸不知怎么羞得红了起来，那个小孩松开女人的罩衣迈着令人惊讶的步子朝我们走来。

“他们在那里面住过。”史泰因重新发动车时说。他倒车上了公路，雪现在越下越大，我扭过身看着女人和孩子站在被照得通明的

① 安格明德(Angermünder)，位于德国勃兰登堡州。

长方形大门里，直到那幢房子消失在转弯后面为止。“他们挺恼火的，因为一年前他们必须搬出来，但不是我把他们赶出来的，是住在多特蒙德市的房主，我只不过是买下了房子而已，就我而言他们可以尽管待在那里。”我不解地说：“可他们确实叫人讨厌。”史泰因说：“什么叫讨厌？”并把那串钥匙扔到我的膝间，我数了数钥匙，有二十三把，小的很小，大的很大，很旧，都有漂亮的弧形把柄，我自言自语地哼起来：“马厩钥匙、阁楼钥匙、大门一把、仓库一把、卧室一把、挤奶房一把、信箱一把、地下室一把，还有花园大门那一把。”骤然间——我确实没往这儿想——我理解了史泰因，理解了他的兴奋之情、他那期待中的喜悦、他的激动不安。我说：“我们一块儿去那儿真是太好了，史泰因。”他就是不正眼看我，说：“至少可以从游廊上看见太阳在教堂钟塔后面落下，我们马上就到，过了安格明德是卡尼茨，那栋房就在卡尼茨。”

卡尼茨比起鲁诺夫差劲多了，不如滕普林，也不如舍内瓦尔德。曲里拐弯的公路两旁净是些灰色低矮的房子，许多窗户上都钉着厚木板，没有商店，没有面包房，没有旅店。漫天大雪来得更猛了，“这儿雪真多，史泰因。”我开腔了。他说：“当然喽。”就好像是他连房子带雪一块儿买下来一样。当那座乡村教堂在路的左边突然冒出来时——那红红的圆形钟塔还真漂亮——史泰因开始发出一种奇怪的嗡嗡声，像是只在夏天往关着的窗户上瞎撞的苍蝇。他把车开到一条交叉道上，踩刹车，与此同时以一种强调的姿态把双手从方向盘上拿开，说："这就是。"

我从车窗望过去，心想：什么这就是，还有五分钟的路呢。这栋房子看上去似乎随时都会悄无声息地突然坍塌，我下了车，小心翼翼地关上车门，就好像每一声震动都会过头似的，史泰因呢，也是踮着脚往房子那儿走。这栋房是艘船，它横亘在这条卡尼茨乡村路边上，简直像一艘在久远的过去搁了浅的、宏伟壮观的巨轮。这是一栋用红砖砌成的三层高的大宅，房子的双坡屋顶只剩下了空架子，两个木制马头把在两头，大部分窗户上都没了玻璃，倾斜的游廊缠满了粗大的常春藤，墙体上的裂缝足有大拇指那么粗。房子是很棒。就是那座房子。然而却是废墟一堆。

那扇大门，那扇史泰因试图把上面写着"出售"字样的牌子摘下来的大门，伴随着一种哀怨声缓缓倒下，我们从上面跨过去，接下来我停住脚，对史泰因的表情大为惊讶，盯着他怎么样在游廊那儿的常春藤后面没了人影。不一会儿一副窗框从房子里坠落下来，史泰因那张紧张激动的面孔出现在窗户碎玻璃尖之间，被一盏煤油灯照得亮光光的。

"史泰因，"我大叫，"出来！房要塌了！"

“进来！”他应声大喊，“这可是我的房子！”

我匆匆自问，干吗要这么担惊受怕的，于是就在垃圾袋和废铜烂铁上磕磕绊绊地往游廊上走去。那上面的木板嘎吱直响，须臾间常春藤吞噬了每道光线，我厌恶地把藤蔓拨到一边，后来史泰因冰凉的手把我拽到房子过道里，我紧紧抓着，握住他的手，忽然间我不愿再失去他的触摸，更不愿再失去他那盏微弱暗淡的煤油灯发出的亮光；史泰因闭着嘴发出嗡嗡声，我在他后面跟着。

他把所有的百叶窗统统推出去扔进花园，我们眼瞅着最后一道自然光线透过那些门上的红色玻璃碴儿。我上衣口袋里那串沉甸甸的钥匙压根儿就派不上用场，所有的门都大敞着，或者都不在了，史泰因照着亮，指点着、比画着，上气不接下气地站到我面前，想要说什么，又什么都没说，拉着我接着走。这儿摸摸楼梯扶栏和把手，那儿敲敲墙，还把墙纸扯了下来，一脸惊讶地注视着那上边露出的满是尘土的灰浆。他说：“看见了吗？”还说：“摸摸！”又说：“觉得怎样？”我无须去答他的话，他在自言自语，他跪在厨房地板上，双手擦去瓷砖上的污秽独自絮叨着；整个儿这段时间我都紧紧地抓着他，但又觉得两手空空。墙上一帮小青年留下他们的涂鸦——去她那儿，放你的风筝①。

① 德语原文为 lass deinen Drachen steigen。此句有双重含义，表面为“放风筝”，实际上有色情含义。

到此一游，马蒂斯。不冒险，没乐子。——我说：“去她那儿，放你的风筝。”史泰因猛地朝我转过身来一头雾水地说：“什么？”我说：“没啥。”他抓住我的胳膊把我推到他前边，一脚把后门踹到外面花园里，把我推到一个小台阶下面，“这儿”。

我说：“这儿——什么？”

“应有尽有！”史泰因说，我还从没见他这么放肆过。“湖泊，勃兰登堡边疆派儿的，花园里的栗子树，有三摩尔干的地，你们可以在这儿种上些该死的草、蘑菇、大麻还有什么乌七八糟的劳什子，有的是地儿，懂吗？有的是地儿！我给你们在这儿弄个沙龙，台球室，再弄上个吸烟室，给每人一个单间，房子后面是给屁饭屁事用的大桌子，另外你可以起床就跑到奥德河边儿上吸你的可卡因，直到脑袋炸了算个够。”他粗暴地把我的头朝外扭向旷野，天太暗了，我几乎什么也看不清，我开始发抖。

我说：“史泰因，求求你，别说了。”

他打住了，沉默下来，我们对视着，呼吸急促而且几乎还是以相同的节奏。他慢慢把手挨到我脸上，我猛地往回一缩，他说：“好了，好了，好了，OK。”

我一动不动地站着，全蒙了。天涯海角我倒是明白点什么，可那儿离得太远。我精疲力竭，浑身绵软，想起其他人，他们把我一个人撂到这儿，没有一个人在这儿保护我免遭史泰因的伤害，克里丝蒂安娜没有、安娜没有、海因策也没有，我感到一阵愤恨不平，史泰因在用脚来回蹭地，说："我很抱歉。"

我说："没事，没啥。"

他握住我的手，他的手现在又温暖又柔软，他说："那就看教堂钟塔后边的太阳吧。"

他拂去游廊台阶上的雪让我坐，我坐下来，感到非常冷。接过他点着递给我的烟，抽了起来，呆呆望着太阳在那后头都已经落下的教堂钟塔。我有一种必须说上点儿憧憬未来、乐观宽慰一类说辞的负债感，自觉得都被搞晕了。我说："我觉得要把游廊上的常春藤弄掉，夏天弄，不然我们坐在这儿喝葡萄酒时什么都看不见。"

史泰因说："我弄。"

我确信他压根儿就没用心听，他在我旁边坐着，一脸疲惫，他看着空荡荡、白皑皑、冷冰冰的公路。我在想着夏天，想着在海因策那座位于鲁诺夫花园里的时光，我希望史泰因还会像他在那时候注视我那样再对着我端详，我恨我自己这么想。我说："史泰因，给我说点什么，好吗？也许能随便给我讲点什么？"

史泰因把烟撇到雪地里，没有看我，说："该给你说什么呢，这是个机会，许多机会中的一个，你可以利用它，也可以放着不管，我可以把握这个机会，也可以半途而废到别的什么地方去。我们可以一块儿来把握这个机会，或者就像是我们素不相识那样。都无所谓，我只是想要给你看看，仅此而已。”

我说：“你花了八万马克就为了让我看一个机会，而且还是众多机会中的一个？我理解得对吧，史泰因？这是什么意思？”

史泰因没反应，他俯身向前，使劲地看着公路，我随他的目光看去，公路上一片昏暗，积雪反射出最后一束光线使人目眩，在路的另一头站着个人。我眯起眼挺直了身，那人影约摸在五米开外，转身跑进两幢房子之间的阴影里，一扇花园大门发出噼啪声，我确信是认出了安格明德的那个小孩，那个苍白的、叫人讨厌的、紧紧抓着那个女人罩衣的孩子。

史泰因站起来说：“我们走吧。”

我说：“史泰因——那孩子，安格明德的，他为什么待在马路这儿监视我们？”

我知道他不会回答，他给我打开车门，我在他面前站着不动，在等着随便一个什么东西，一下触摸、一种表示，我在想：反正你老想跟我们混在一块儿。

史泰因冷冷地说了句：“谢谢你一块儿来。”

于是我上了车。

我记不清回程路上我们都听了些什么音乐，在接下来的几周里我只是偶尔见到过史泰因。湖面结冰了，我们买了冰鞋，夜间打着火把穿过森林出去滑冰，我们听着海因策手提录音机里传出的保罗·孔特①的歌，吸着“灵魂出窍”②，朗读着布瑞特·伊斯顿·埃利斯③的小说《美国精神病》中的精彩片段。法尔克吻着安娜，安娜吻着我，我吻着克里丝蒂安娜。史泰因有时也在场，他吻着亨丽埃特，而每当他做这事儿时，我就往别处看。我们回避对方，他没给任何人讲过他已经买下了那栋房子，没提和我一块儿去过，我也没说，我没去想那房子，但有时在我们乘他的出租车回城、在把滑冰鞋还有火把扔进后备箱时，我在那里面发现了屋顶油毡、墙纸和墙漆。

二月里托蒂掉进了格里布尼茨湖。海因策穿着冰鞋在冰面上飞奔，高举着他的火把大呼小叫：“咱们还会有什么乐呀，得是不同寻常的，我都受不了啦！”他整个儿醉醺醺的，托蒂跟在他后面滑了个趔趄，我们喊起来：“说‘蓝蓝的’，托蒂！说这个词！”接着就听喀嚓一声，托蒂没了。

我们静静地站着，海因策张着大嘴滑出一个优美的“8”字形，

---

① 保罗·孔特(Paolo Conte, 1937—)，意大利歌手、爵士乐钢琴家、作曲家、画家、诗人。

② 迷幻药，安非他命的一种。

③ 布瑞特·伊斯顿·埃利斯(Bret Easton Ellis, 1964—)，美国作家。

冰面在嗡嗡作响，蜡泪发出呲呲声从我们的火把上滴答下来。法尔克跑过去，穿着冰鞋踉踉跄跄的，安娜扯下她的围巾，克里丝蒂安娜傻里傻气地双手掩面发出刺耳的尖叫，法尔克趴在冰面上匍匐前进，海因策已经见不到人影，法尔克喊着托蒂，托蒂应声喊着，安娜把她的围巾扔过去，亨丽埃特紧紧抓住法尔克的双脚。我站着不动，史泰因也站着不动，我接过他点着递给我的烟，他说“蓝呵”，我说“冷呵”，接着我们就开始大笑不已。我们都笑弯了腰，躺到冰面上，泪流满面，我们笑个不停，直到他们把浑身湿透、颤抖不已的托蒂拽上来时都止不住，亨丽埃特说：“你们神经了还是怎么？”

三月里史泰因消失了。他没出现在海因策三十岁的生日聚会上，没出现在克里丝蒂安娜的首场演出上，也没在安娜的音乐会上露面，他人没了。当亨丽埃特笨手笨脚地悄悄问他在哪儿时，他们大家都耸耸肩，我没耸肩，可我没吭声。一周后他寄来了第一张明信片。那是张卡尼茨乡村教堂的照片，背面写着：屋顶不漏了。小孩擦着鼻涕，不说话，老待在那儿。太阳靠得住，它要是没了，我就抽烟。我种了点儿东西，你能吃的，你来的话，我就剪常春藤，这你清楚，你还拿着钥匙。打那以后明信片定期寄到，要是晚到了一天，我就干等着，还会感到失望。都是些那座教堂的照片，而且老是四五句话，像是简短的谜语，有时文笔漂亮，有时叫人摸不着头脑。史泰因常写“……如果你来的话”，就是不写“你来吧”。我决定等着这个“你来吧”，然后就动身去。五月没来明信片，但来了封信，我端详着信封上史泰因那不熟练的、斗大的字迹，上床爬回到法尔克那儿，撕开信，法尔克还睡着，打着鼾。信封里是张《安格明德报》的剪报，史泰因把日期潦草地写在背面，我推开法尔克睡得暖烘烘的身体，摊开剪报读起来：

地方新闻

星期五凌晨，卡尼茨一栋昔日豪宅遭焚仅剩墙基。半年前买下这栋建于十八世纪的宅第并修缮完毕的房主，一位柏林人，杳无踪影。失火原因尚未确定，警方至今不排除纵火可能。

这段文字我读了三遍。法尔克挪了挪身，我从这条报道移开目光，呆呆地凝视着信封上史泰因的字迹，再转回到报道上凝视着，邮票上的邮戳是施特拉尔松德①。法尔克醒了，无动于衷地看了我一会儿，然后捏着我的手腕，拿出一种傻瓜才有的、叫人恶心的聪明劲儿问了声：“这是什么？”

---

① 施特拉尔松德(Stralsund)，位于德国梅克伦堡-前波美拉尼亚州。

我抽出手来，下了床说：“什么都不是。”

我走进厨房，呆头呆脑地在炉台前站了有十来分钟，炉台上的钟发出滴答滴答声，我去了后屋，拉开写字台抽屉，把这个信封和其他明信片以及那串钥匙放到一块儿，心想：“再说吧。”

暗　箱

那个艺术家个头很小，玛丽有时候都不清楚她做的一切是不是还对头。那个艺术家是太矮了，她想：你脑子不大对头，是说她自己的。可能是因为秋天到了，因为那种再熟悉不过的焦虑周而复始，脊梁上直抖，雨的缘故？

那个艺术家确实太矮了，肯定比玛丽要矮上三个头。他名气很大，起码在柏林人尽皆知，他用电脑玩艺术，写了两本书，有时夜里在广播电台作演讲。另外，那个艺术家还奇丑无比，他生就一颗小得不能再小的、无产阶级的脑袋，肤色很深，有人说他有西班牙血统。他嘴小得令人难以置信。都没了。然而他的眼睛却很漂亮，黑黑的、大大的，演讲时他大多把手就这么放在面前，以至于只能看见他的眼睛。那个艺术家衣着邋遢之极，穿着撕烂的牛仔裤——儿童尺码的，玛丽推想——永远一件绿上衣，永远一双休闲运动鞋，左手腕上系一根黑皮带子。有人说，即使这样，那个艺术家却聪明得令人难以置信。

玛丽想从那个艺术家身上沾点什么。想从他身上沾到点什么她并不清楚，可能是他名气的光彩；可能是在一个丑八怪身旁更显光艳；可能是闯进——破坏性地——一种表面上的无动于衷。玛丽郑重其事地自问她做的一切是不是对头，他俩在一块儿不就是显得荒唐可笑吗？玛丽一贯只愿与美男相处，非得朝下去看一个男人真是瘆得慌，叫人瘆得慌是去想象一下那种事该怎么着，要是……尽管如此玛丽就愿意。

在最开始的那天晚上他们相拥亲吻，或者确切地说是玛丽亲吻艺术家。他突然站在她面前，就在这次庆典上，在全部柏林名流当中，在这天晚上玛丽都没了主意该把她那深长的、深长的目光最先投给哪个名流。那个艺术家乐意效劳，他突然站在了她面前，睁着这双漂亮乌黑的眼睛，在电视上见过他的玛丽马上认出了他，他不停地给她往杯子里斟伏特加并且提些艰深的问题：对你而言什么是幸福？你可曾背叛过他人？假如你仅仅只是由于你的外表而达到了什么目的，你会感觉到不自在吗？

玛丽喝着伏特加，有些迟疑，说——幸福总是在它出现前的那个瞬间。是在其实该是幸福的那个瞬间之前的一刹那，这一刹那间我是幸福的，然而却对此一无所知。我相信，我背叛过许多人。我觉得由于我的外表而获取到了什么那挺好的。

那个艺术家目不转睛地盯着她，玛丽回眼盯着看，这她在行。

她周围的人骚动不安起来，那个艺术家的确是太矮太寒碜了，多是出于固执逆反心理而不是由于休戚相关的缘故，玛丽弯下身子，双手捧住艺术家的脑袋亲吻他的嘴。他也回吻她，再自然不过。接下来玛丽把她的电话号码留给他就走了，直到置身户外，在夜间清凉的空气中才感觉到她实际上都醉成了什么样子。

那个艺术家等了三天，然后给她打电话，他真的是——等了？玛丽相信是这样。他们在一家酒吧泡了一个晚上，在那里玛丽觉得发冷，陡然感到四肢乏力，这都是因为艺术家死盯着她没完可就是不肯聊天。一天上午他们在公园散步，艺术家戴了副很讨玛丽喜欢的时髦墨镜，在一家咖啡馆坐了一下午，玛丽就提了一点儿自己的事，再就一声不吭，艺术家说他可不喜欢一种超层面上的交谈①。

玛丽不知道超层面是怎么一回事。每次和他会面，她都穿上她那双绝无仅有的平底鞋，他们两人的高矮差别叫她很是难堪。秋天到了，从玛丽房间开着的窗户忽忽悠悠飞进来些垂死挣扎的马蜂，玛丽觉得好冷，戴上了手套。天变短了，她时常感到累得慌，有时她把头往后仰，试着去爽朗地笑上一笑，根本就不灵。有次艺术家问她是否愿意跟他到波罗的海去两天，玛丽说“好的”，想到了阿尔贝克、菲施兰和希顿湖那些地方；想到了漫长的、洁白的、冬日

① 可能指一种抽象的、充满思辨色彩的讨论，往往是对本来平常的东西赋予不平常的含义。

的沙滩，想到了贝壳和一片静止的大海，她没想艺术家。她倚窗而立，手里端着一只茶都凉透了的杯子，怔怔地望着街道。她这些天糊里糊涂的，把点着的烟拿反了塞到嘴里、不关水龙头、丢了她的钥匙串儿。一次艺术家打来电话还真的说了句：我爱你。玛丽蹲在地上，电话筒夹在脑袋和肩膀中间，照着镜子，缓缓闭上眼睛又慢慢睁开，艺术家此时再没说什么，但她听见他的呼吸声，轻微的、均匀的、平静的。他没激动，玛丽也没，她再次说了声：好的。这事来得这么快都叫她感到吃惊。艺术家挂上电话。

每当玛丽想到他那双眼睛，便会感觉脊背上像是抽搐了一下，他的眼睛的确很美。她没去等他的电话，她知道他会打的。艺术家像是对他五短身材的侏儒样儿颇为自得，他用手脚动个不停、马戏团小丑似的动作来加以强调。他走路像个锡兵，有时他在马路当中做手倒立，扮鬼脸，变戏法似的把一枚枚硬币塞进耳朵里又从鼻孔里掏出来。自打庆典上那次亲吻以来他再没动过玛丽一指头，她也没碰过他，每次他们分手时，他都做出像是要把手放到她胳膊上的动作，但在最后关头他总是又抽了回去。他问：“你每次这么久对着我的目光是什么意思？”玛丽答道：“亲近、好斗，还有性欲、认可。”她不清楚说这对还是不对。艺术家不会微笑，如果他想要微笑，那就只是把眼睛眯成一条缝，再把嘴角往上提，玛丽觉得这并不能叫人信服，并把这话告诉了他，嗓音里透着得胜的喜悦。可能吧，艺术家说，看上去第一次受到了伤害。

一次，入夜，一家咖啡馆里，玛丽已是酩酊大醉，她问他想不想跟她上床，她知道这不对劲，可她就是克制不住要去问，好多天来她都想问这事。艺术家说："肯定是有过一些我更有意干那种事的女人。"玛丽火了，两臂抱在胸前，下定决心现在不再说话。艺术家喝着葡萄酒，抽着烟，注视着她，后来说："你现在最好还是走吧。"玛丽骑车回家，气得半死。

过后她打电话给他。"我没兴趣让你来观察我，"艺术家发话了，"但还是准备见你。"他以某种方式令玛丽想起一种动物，一种小动物，一种又小又黑、长毛、令人毛骨悚然的小猴子。她把平底鞋放进柜子，蹬上高跟靴子，骑上自行车第一次去了他的寓所。

揿了三遍门铃后艺术家才给她开门，他穿着他的休闲运动鞋、破牛仔裤、黑毛衣。有次他对玛丽说过，他总是一下子就买上十五件小号毛衣，然后统统染成黑色。屋里很暖和，收拾得很特别，还很整洁，刷成橘黄色的墙、大量的书、CD、唱片。"喝茶吗？"艺术家问。"喝。"玛丽说，坐到那张不是靠窗、而是靠房间尽头墙根摆着的写字台边的唯一一把椅子上。桌子上方墙上是图钉钉着的明信片、报纸登载的连环漫画、照片、信件，一层层叠起来挂着的纸条，艺术家在南方某地抱着一个胖乎乎红扑扑的金发小孩，各剧院的剧目表，一份书评，是精心裁剪下来的，还有一条多张护照用的照片，艺术家是太矮了，那上面打的闪光在脑门上弄了个白斑痕①。一张黄纸上用大号印刷体写着：“在背叛的时代景色美。”艺术家在厨房里把杯子搞得叮呤咣啷乱响，玛丽咬着下嘴唇，拘束不安、心烦意乱；她听见他过来的脚步声在软木地毯上沙沙作响，转身迎着他，挤出一丝僵硬的微笑。艺术家在写字台的玻璃板上搁下杯子，问：“音乐？”玛丽耸耸肩，紧紧握着她的杯子。艺术家放进一张CD，音箱里发出喀嚓喀嚓声，波莱·雅内·哈维的歌声从遥远的地方传来——就这些？“靡靡之音。”玛丽想，思忖着她现在是不是该把这话大点儿声说出来。艺术家围着她转圈子，他看上去煞是自得自信，他观察着她，挂着张嘲讽的面孔，玛丽轻咳一声，艺术家说：“上会儿网如何？”玛丽答：“对此我可一窍不通。”艺术家非常友好地说：“没关系。”

他开机，响起微弱的嗡嗡声，黑色荧屏跳到鲜亮的蓝色，一台有微笑装饰图像的电脑露出形来，荧屏左下角冒出各种各样的小标记，玛丽在膝间绞着手，狼狈至极。艺术家敲击着键盘，轻盈地来回移动着鼠标，从电脑后面扯出一只拳头大的灰色球状物，那上面正中间有个乌黑发亮的孔眼。他把球体放到写字台中间，并把乌黑发亮的孔眼对准玛丽的脸，玛丽盯着球体，艺术家轻盈地来回移动

① 这里指设在公共场所的投币照相设施，由于艺术家太矮，坐在自动照相机镜头前的固定座位上达不到一般高度，从而导致这种结果。

着鼠标，荧屏变白了，左上角现在出现了一些明亮的、极小的深灰色方块，一个个小点组成扫描光栅，无声地、飞快地漫过荧屏。玛丽的头发，玛丽的前额，玛丽的眉毛，她的眼睛，她的鼻子、嘴、下巴、脖子、胸口，一张黑白的、阴森可怕的玛丽的脸。

“讨厌。”玛丽说。荧屏上玛丽的脸拉长时间并且无声无息地重复着：讨厌。眼睛和嘴张开又闭上，目光呆滞，令人毛骨悚然，叫人难以忍受。“这还没完全成像呢。”艺术家说，在电脑键盘上来回敲了一通，玛丽脸的轮廓变得鲜明清晰起来，背景显露出房间右边满是书的墙、窗户、室外的天空，荧屏上模糊朦胧，现实当中也是模糊朦胧。“几乎什么都可以拿它来拍。”艺术家说，并不那么叫人信服地、友好地微笑着注视着玛丽。玛丽并不确信地回报了个微笑。四下静悄悄的，玛丽承受住了现已不再微笑的艺术家投来的目光，在他的眉峰间长出第三只乌黑漂亮的眼睛来，玛丽眨眨眼，那只眼又没了。电脑嗡嗡作响，玛丽不敢朝荧屏上看，她害怕那张阴森可怕、模糊朦胧的玛丽脸。软木地毯沙沙作响，那是艺术家正往她这儿走来弄出的声音，玛丽把她的后背往椅背上挤，死死盯着艺术家的两眼，似乎她这样就能避开那个叫人难以忍受的东西。艺术家把他的右手放到玛丽的脸颊上，手又凉又软，玛丽非常短暂地闭了闭眼，接着他那张脸径直就凑在了她的面前，玛丽停止了呼吸，他吻她的嘴，玛丽非常冷静，他差不多也这样。电脑荧屏上出现亲吻画面，拉长时间而且无声无息，一瞬模糊朦胧的回放。玛丽现在还真往那儿看，就从脸旁边、从艺术家闭着的眼睛旁边朝荧屏上看，那上面他的脸紧贴着她的，挤压着她的脸，她睁大两眼，黑白两色的。

有个什么想法老在玛丽脑子里转。艺术家喘着气，挤到玛丽身上，手在她的脖颈上捏着，摸到她的后背上，摸到她的裙子里。玛丽警觉起来，不像往常总是有种居高俯瞰的劲头，她注视着荧屏，注视着两人这种一声不吭的、少见的你缠我绕，这真是奇怪。房间很暖和，写字台上方挂着一层层纸条，艺术家在南方某地，抱着一个胖乎乎红扑扑的金发小孩。真是可惜，玛丽想，人总是仅有一次头一回见到什么东西。

艺术家把玛丽从椅子上拽到地板上，也不知什么时候玛丽就只穿着她的高跟靴子，接下来这靴子也没了，电脑屏幕上能看见一面书墙、一把空椅靠背、一扇窗户、外面一抹愈发模糊朦胧的苍穹。

在奥德河的这一边

他们来时，科贝尔林正站在小土丘上，那小土丘是花园中央的一座土堆，两年前科贝尔林亲手堆起来的。“点将台”，康丝坦泽当时笑着说，他回了句“拿破仑高地”①，还就这么定下来了。从这儿他可以将草坪一览无遗，还有游廊、通往厨房的那浓荫匝地的入口以及呈弯弓形的草场，后面就是奥德河。

科贝尔林站在拿破仑高地上抽着烟，手搭凉棚，愣愣地望着地平线，那后头某个地方就是奥德河，潜伏在河床里，康丝坦泽也就在那后头的某个地方，在这大热天的下午那每日例行的散步途中。孩子在厨房睡着，叫夏天搞得蔫头耷脑的，科贝尔林驱赶着一只马蜂，盘算起秋天。徐徐朝沙子路开过来的马达声像是种幻觉一样传来，科贝尔林转过头侧身细听，还眯起了眼，从来没有，从来没有开到沙子路上的车到这儿来，他自己的车除外。不是幻觉，是柴油

① “拿破仑高地”，指滑铁卢战场旧址上可以一览当年大战战场的土丘。

发动机的噪声，碎石子发出的嚓嚓声。科贝尔林不知所措，心里怦怦直跳，一辆旧奔驰车在他右眼角冒了出来，科贝尔林保持着不动的姿势，不想露面，心想：接着开呀。那辆奔驰在花园门外停了下来，路上尘土高高扬起，副驾驶座那边的车门打开，安娜下了车，科贝尔林马上认出了她，她和从前一模一样，和当年一个样，只是大了点、高了点，一个长大了的孩子。“科贝尔林！”她在喊他的名字，穿着高跟鞋踩高跷似的围着车转悠，在花园大门那儿停下，她身穿红色连衣裙，皮肤黝黑。驾驶员一侧的车窗摇了下来，一个头发蓬乱的年轻男子打着哈欠伸出脑袋，科贝尔林感到胃里一阵痉挛，声音极小、恶狠狠地说了声：“基弗。”

“哎！”安娜喊着，“我们打波兰过来，身上一个子儿都没了，我们想，兴许能在你这儿待一待，就几天，科贝尔林！认得出我吗？”

科贝尔林拿脚踩灭烟，从小土丘上挪下来，“认得你，能听见你说话，别这么嚷嚷。”

安娜手搭在大门把手上，基弗懒散地从车里钻出来，科贝尔林现在能看清他穿了件肮脏不堪的牛仔裤。马克斯那还没睡醒的、沙哑的童声在厨房里面叫着。科贝尔林清楚照在挨窗边睡椅上面的阳光的厉害，还有苍蝇围着灯泡打转儿，他突然有种力不从心和虚弱的感觉，康丝坦泽在哪儿？他想着，就是这会儿在这儿兴许能替我兜着点儿的康丝坦泽，因为我不愿见客而且更不愿见基弗。

他擦去嘴唇上的汗，穿过砾石小径朝花园大门走去，砾石发出嚓嚓声，出奇地响。安娜，科贝尔林在想，安娜，你还有你那马戏团里当小丑的老爹，傻乎乎的丑角，马戏团的笨伯。你还是个毛孩子时，我扇过你一巴掌，那都是因为在你们家前面的草地上打坐时你蹦到我的后背上；你还是个毛孩子时，你对我就是可有可无，我和你当小丑的老爹坐在厨房，我们聊呀喝呀的，直到歪倒在桌下才算完，你呢顶多是惹我烦，是用你那张抹得满是巧克力的嘴，你现在还是叫我烦得慌。

科贝尔林拉开门闩，打开花园大门，像个傻子似的笑着，汗流浃背。“啊，科贝尔林，”安娜叫了声，幸灾乐祸地笑着，然后挤出一种感慨悲叹状，“哎呀，科贝尔林，我们上一次见面肯定有好多年过去了，好多年！”

“是，”科贝尔林说，“好多年。”

那个基弗懒洋洋地朝科贝尔林走近两步，伸给他一只脏乎乎的手来，科贝尔林没去握。他守卫似的待在大门口，就好像这么着他们就会知趣儿，就好像单单是他身体的那种无声的、绷得硬邦邦的堡垒就能清楚地表明他们应该重新上路，来客在这儿不受欢迎，旧交已不再管用。然而，他们并不知趣，站在那儿直瞪瞪地瞅着，科贝尔林转身穿过砾石小径返回游廊，并信口开河扔了句：“你们有意，那就待着吧，阁楼有间客房。”

傍晚时分康丝坦泽溜达完回家，没比平时晚，可对科贝尔林来说还从来没有这么晚过。他与安娜和他压根儿就不想知道这人叫什么名字的基弗坐在游廊上，一支接一支地抽着烟，马克斯蹲在基弗前面的地上，让给他讲些乱七八糟的事，地球以外的玩意儿，巫师、新几内亚、世界末日。马克斯嘴张得老大，一条口水线顺着下巴颏儿往下淌，左手搁在基弗的鞋上，时不时还轻轻地、无意识地拽着鞋带。科贝尔林对马克斯向基弗所表示的毫无成见的亲密劲儿不胜鄙夷。傻瓜一个，科贝尔林心想，马克斯，这种热乎劲就是我要称为傻瓜笨蛋的那档子事儿。

安娜盘腿坐在藤椅上，目不转睛地盯着科贝尔林，陷入了儿时的回忆当中。“你有过什么特别的事儿，科贝尔林，随便什么好玩的事，我想不起来了，我只记得你和我父亲坐在厨房桌边直到半夜三更，唉，科贝尔林，你还记得这事吗？”

科贝尔林没打算协助她取得进展。他倒是可以抖搂出扇她一耳光的事；他倒是可以给她讲讲她确实晒成榛子色，小时，在乡下就像眼下这个样子的夏天；他倒是可以给她献殷勤，让她回想起所有她说出来的、她那当小丑的老爹骄傲地在一个橘黄色记事本上逐条记下来的这孩子的笑话；他倒是可以给她说说她又瘦溜又瓷实来着，一大早就过桥消失在密林当中直到晚上才回家，划破了皮，小腿肚上满是扁虱①；他倒是可以说："你那当小丑的老爹不去管你，任由你做你想做的事，这么着你干脆整天见不到人影。你就没好好在那儿待过，我们没人这么觉得，这恐怕直到今天都是你儿时落下的一个不小的内伤。"

然而他一丁点儿兴趣都没有，她引不起他的兴趣，她当小丑的老爹不再引起他的兴趣。他就想坐在这儿，闭着嘴，不受打搅，科贝尔林又点上支烟，感觉到他整个这段时间都是在咬紧牙关。康丝坦泽穿过砾石小径轻盈地、极其放松地跑过来。晚了，科贝尔林想，太晚了，亲爱的，因为他们现在人都在那儿了，而且他们可不会这么快就走的。

康丝坦泽马上认出了安娜，喜形于色地、令人信服地微笑着，轻轻拍拍手，双手捂了一小会儿脸，笑着，两手叉腰。科贝尔林不胜厌烦，都能下意识地跟着一块儿说出她现在要说的话——"安娜，小不点儿，瘦溜安娜起码比那时大了有十五岁，真不敢相信这儿坐着个你！"安娜面露喜色，一副手足无措的样子，介绍起基弗，并往科贝尔林这边瞅，还羞答答的。科贝尔林猛地把他的椅子往后一推，蹿进了厨房。小不点儿，瘦溜安娜，真是瞎掰胡扯。他

① 一种寄生吸血虫。

从冰箱里倒腾出橄榄、奶酪、色拉米香肠、切片面包，拔葡萄酒瓶塞，一如当年，一如平常。现在该吃晚饭了，科贝尔林想，现在吃饭，现在得干点儿什么，即便是吃该死的饭也罢。

快到秋天了，天黑得早。花园后边洋李树下的光线已经朦朦胧胧；奥德河现在变成了蔷薇色和淡蓝色。科贝尔林在想，他花了四十七年的时间才弄明白庄稼地还有湖泊河流在天黑之前还会再次发亮，他需要有这栋房子来弄明白这事，可能要加上马克斯，可能还要加上康丝坦泽。要是一切像平常那样的话，这孩子现在都已经睡了，脸蛋红扑扑的，发出一种潜水进气管一般的呼吸声；他会和康丝坦泽坐在游廊上，或者阅读或者沉默不语；他会在什么时候坐到计算机旁，在分镜头剧本的对白处写上他挣钱用的两三句话，两三句精练、少见的话，就像每天晚上那样。写字台上台灯光线是绿色的，因为绿色叫人平静，飞蛾会扑打窗前的杀虫光栅，而他也会想，凡事有好有坏，就这么活吧。

那个基弗现在站到了拿破仑高地上给自己卷起大麻烟卷来，漏斗形的，他那只呆头呆脑的老式汽油打火机发出咝咝声，于是科贝尔林闻到一股甜津津的大麻味。他想起罗泽·马腾施泰因，那个在一次狂欢节上以黑暗女王扮相登场、并在吞食了一块大麻饼后昏倒在厨房地上的罗泽·马腾施泰因，穿一身黑色绸缎的小妮子。当然他也抽过大麻，比如说和安娜当小丑的老爹一道，他们坐在花园里一支接一支地抽着大麻烟卷，安娜当小丑的老爹高呼："斯威士草！"还有什么"到斯威士兰去！"直笑得科贝尔林从椅子上出溜下来。安娜睡在屋内蚊帐里，睡梦中还喃喃自语，而科贝尔林并不晓得十二年后他自己的圆脑袋瓜孩子马克斯会来到人世间，怎么会呢，他怎么会事先就该知道这事儿，他那时甚至连安娜的存在都不愿承认呀。

拿破仑高地上的那个基弗转过身挥着大麻烟卷向科贝尔林示意，科贝尔林夸张地示意回绝，那个基弗耸耸肩，从小土丘上溜达下来，大麻烟卷闪烁的光点消失在洋李树中。科贝尔林拿不定主意地在厨房门口来回闲荡。康丝坦泽和安娜仍然坐在游廊上，马克斯坐在康丝坦泽膝间，嘴里噙着大拇指。这孩子在过去四小时没跟科贝尔林说过一句话，他轮流黏在安娜或者是那个基弗跟前，那情形就好像除了他母亲和科贝尔林之外，还没见过另外一个人，科贝尔林觉得这不对劲，马克斯倒是应该躲在他身后去问问他这些客人是——好还是不好。

安娜讲述着波兰的事，马克斯不眨眼地盯着她看，偶尔喘口大气。"你们还没有去过离得这么近的地方真叫我不明白。满地都是白鹳，就像柏林到处都是鸽子一样，波兰人收割完庄稼地，有六七十只白鹳跟在拖拉机后面的犁沟里觅虫子吃。这些波兰人可真是冰激凌吃家，说了你都不信，洛迪呀洛迪，不论你往哪儿看，他们都在吃冰激凌，没个完。”

马克斯从嘴里抽出大拇指，异常清晰地说了声：“冰激凌。”科贝尔林感觉到一股柔情是如何爬上他的后脊梁，多么杂乱无章的交谈，可这孩子还是摘出了他能听懂的唯一一个词——冰激凌。

安娜说呀说，两手打着手势，不停地把头发撩到耳后，“康丝坦泽，你们在这儿怎么样？”

康丝坦泽的嗓音很低，还稍稍有点沙哑。挺好，寂寞了点，科贝尔林不想有那么多走动，多年待在城里后的一次撤退，一次夏季大撤退，秋天当然还会去柏林。漫长的一天又一天，炎热的一日又一日，科贝尔林大多趴在案头——骗人的话——而她本人则在穿越这片奥德河沼泽地的散步途中。大自然中的一处迷人所在，对孩子也不错，小孩子就该放到乡下，马克斯很幸福，她本人也一样，科贝尔林呢？那人很难有幸福感，但还是有点儿。康丝坦泽的神来之手，康丝坦泽简直就是个调控高人。四五句话，一种完美的生活，弹指一挥，麻烦全无，还就这么简单。待在厨房门暗处的科贝尔林闭上眼又睁开，安娜不做声，从现在已是一片漆黑之处传出一阵突兀的、像是被激怒的蛙鸣，有片刻工夫。安娜点了支烟，说：“是啊。”又重新开讲，讲那些波兰人的故事、冰激凌故事，声音有点叫人感到怪怪的。科贝尔林在黑暗中能隐约捉摸到康丝坦泽的微笑，她那种坐在那儿倾听安娜讲故事的平静劲儿叫他感到惊讶，尤其是她向来客表现出的兴趣、她对到访显而易见的高兴劲儿真叫他吃惊。随便谁来都行，科贝尔林想，绝对是来者不拒，随便谁都可以坐在这儿，而她完全会以这副样子去侧耳聆听，迫不及待地、喜出望外地摆脱掉我，哪怕就一小会儿。这都怪我们整个夏天孤单单地待在这儿，可这都是说好的呀，是我们要单独待着，是我要自个儿待着。

科贝尔林回到厨房，关灯坐到马克斯靠窗的睡椅上。花园里边的各种轮廓变得愈加分明起来，安娜的红裙颜色很深，显得黑黢黢的，科贝尔林盯着她看，全无感觉。她年轻，长着她老爹那张马戏团小丑的脸盘儿，什么都是圆滚滚的，圆鼓鼓的眼睛、圆鼓鼓的嘴，有个牙掉后留下来的、十年之内看上去都会对社会有害的豁口，棕色头发，深棕色的皮肤。

她会去学上个什么，科贝尔林想，学新闻学还有一门外语，那个基弗会在某个主题餐厅的吧台后头站着，除此之外就是胡乱打发他的时间。夏天他们请上个把朋友坐着破车到勃兰登堡边远的多湖平原，葡萄酒灌得瘫倒在地才算个够，心里还惦记着——我们所遭遇到的一般没人会有。傻，整个一个傻，他揉揉眼，觉得累了，当年他逢人便问“你思考什么？”还有“你在做些什么？”的日子早已过去，科贝尔林难以想象自己曾经还真提出过这种问题。对通宵达旦地泡在酒馆、畅谈理想、大谈幻想破灭，还有什么培养出来的共性尽剩下些令人作呕的、几乎是痛苦的回忆。虚伪，一切的一切，科贝尔林思忖着。安娜那个当小丑的老爹总是干等着我停住嘴，好开腔侃他的乌托邦、他的怪异现状，我呢也一个样儿，我冲他打过招呼，我非把他侃倒在桌子底下不可，其实我们早就该闭嘴了。

马克斯从康丝坦泽的膝间骨碌下来，爬到游廊上待在厨房门口，“你干嘛坐在黑处？”他的嗓音有点哑。

“幽暗之处好密谈呀，”科贝尔林说，“来吧，该上床了，是讲睡龙和其他什么故事的时候了。”他站起来把马克斯高高托起，那孩子身上有股子夏天和公路上的沙子味儿。“答应我，”科贝尔林是想说，“答应我……”可他没把这话说出口。

“你们睡觉去？”康丝坦泽打游廊那头问，她起身时，坐着的藤椅噼里啪啦响个不停。

“是，”科贝尔林答道，急急往楼梯走，“我们去睡了。”他胳膊上的马克斯已经睡着。安娜喊了声：“晚安，科贝尔林！”

当他第二天早上醒来时，她站在床脚边上像鸟一样斜歪着脑袋微笑着。闪烁的阳光透过窗户照射进来，一只苍蝇冲撞着紧闭的窗玻璃，科贝尔林眯着眼，在被子里伸手去摸已不在身边的康丝坦泽。没做梦，他放松心情地想着，我没做梦，没梦见那个当小丑的老爹，也没梦见过去，没梦见吸食大麻也没梦见性。

安娜摇着床架，头发都飘了起来。“科贝尔林！好你个爱睡懒觉的！都中午了，别人全进城了，早餐都摆好了，你得起来带我看看奥德河沼泽地！”

“谁这么说的。”科贝尔林问，接着突然大为光火。他睡眼惺忪，觉得嘴里的味儿不对劲，尤其是安娜钻到这儿来，带着一股小孩子的劲头闯进卧室才有的私密性里头来，八成之前她还悄悄满屋子跑，抱着幼稚的好奇心翻箱倒柜看了个遍。科贝尔林坐起身，拉过被子盖到胸前，“出去，”他发话，“现在就出去，我要自个儿起床，我要我的清静。”

安娜松开床架，收起笑容朝房门走去。“我就在花园，你想知道的话。”科贝尔林不想知道也不去回答，一直等到听见她在楼下厨房的脚步声才又闭上了眼睛。躺着，就这么躺着，一副筋疲力尽的样子，在清醒和昏睡间晃荡。在早上，在睡了八小时之后他从来就没有过恢复了精神缓过劲儿来的感觉，老是疲惫不堪。以前，在他一居室里的一夜又一夜，那是柏林，是冬天，他怀着对尚且在那儿等候着他的一天又一天、一月又一月、一年又一年的恐惧进入梦乡，一段时光，一段必须熬过、打发掉、遭到失败的时光。接下来康丝坦泽来了，共有的两居室，那还是柏林，是冬天，记忆里总是冬天，被窝暖烘烘的。和康丝坦泽在一起的决定与一种缴械投降的感觉纠结在一起，康丝坦泽，在她身后科贝尔林躲了起来而且不再抛头露面，是一种保护也是一种断念。他们同时入睡并且之前还说上一句："悠着点儿飞。"时光倒流，恐惧蜷伏在他头脑最深的角落里，最后是鲁诺夫、这栋房子、这孩子的呼吸声、整个儿分解殆尽的时间。又是这种恐惧，有时汽车在深夜驶过，把一团盘旋着的百叶窗影投射到房间的天花板上，甚至从来都没有那么大，大概正因如此，他才这么精疲力竭，因为睡眠得去平抑恐惧，没个完。

算了，科贝尔林想，算了，完事儿。两个从柏林跑来的小人物就把我弄得头昏脑涨，没那事，昏个啥。他起床打开窗户，那只苍蝇沿着一条笔直的轨迹飞到外面没了影，户外天高云淡，碧空如洗，一张新织就的蜘蛛网在窗框上颤悠。

厨房里咖啡摆在桌上，一只煮鸡蛋裹在毛套子里，康丝坦泽给他留了张纸条——亲爱的科贝尔林，我和马克斯还有汤姆采购去了，快到下午回来，带安娜看看奥德河沼泽吧，拥抱你。

带安娜看看奥德河沼泽吧，过分要求。科贝尔林注视着那块不大的、像是蜜蜂形状的、马克斯放到康丝坦泽那龙飞凤舞的字迹下面的糕饼，把手贴到胃上，他下不了决心地把那只煮鸡蛋在桌面上滚过来又滚过去，倒了杯咖啡坐到游廊上。安娜蹲在果园里，光着脚在摘覆盆子。正午的高温湿热令人气闷，科贝尔林现在就巴望起夜晚来。咖啡微温，喝起来有股苦味，在舌头上留下干巴巴的味道，科贝尔林把手伸过游廊扶手，把咖啡倒进花坛，咕哝了声："为詹妮斯。"

安娜抬头看，手里端着盘子上到游廊，"你说什么来着？"

科贝尔林没抬头看，盯着空咖啡杯说："为詹妮斯。你爹老说这句，以前，他每次把葡萄酒根儿倒进花园时就说，为詹妮斯·乔普林干杯。"

"没错。"安娜干脆地说。

科贝尔林没敢抬头，突然间某种东西叫他备感尴尬，他盯着安娜的脚，盯着她肮脏不堪的小脚趾。

她把左脚藏到右脚后，说："我觉得我还是留下，不然的话你醒来我们全都走了。"

这时科贝尔林到底还是往上看了，一副心不在焉的样子，安娜歪着脑袋，心里老大不踏实地含笑看着他："叫醒你不高兴啦？"

该说什么呢，无话可说。安娜似乎也不指望什么回答，挨着他坐下，点上支烟，深深地吸上几口。"汤姆觉得这儿真棒，我也是，这么宁静，外加还是个夏天尾巴①。"

科贝尔林发出可以解释成赞同或者否定的咕哝声，安娜从侧面目不转睛地盯着他看，科贝尔林变得局促不安起来，手里倒腾着空

---

① 原文为 Altweiber Sommer，指夏季最后一个阶段，天气晴朗，之后会出现秋季高温。

杯子，他能感觉到安娜怎样慢慢地在铆劲儿。

“你愿意还是不愿意带我看看奥德河沼泽地？我是说，你是有兴趣跟我去散步还是情愿在这儿待着？”她的声音在后几个字上变得更加响亮，近乎严厉。

哭去吧你，科贝尔林心想，哭去吧你。你还不懂该怎么跟我打交道，那我就给你提个醒，当年我扇过你一个嘴巴。他也点上支烟，起身说道：“那好，你非要这么着的话，咱们可以走上一会儿。”

当科贝尔林锁上身后花园大门时，有了一种前往危险地带的感觉，这栋房子，这处花园，这个游廊，特别是这座拿破仑高地不再保护着他了。背对着墙，安娜站在公路上，两只脚来回躲着，看上去几乎又跟过去一个样，就像当年那个毛孩子，穿过跨河大桥钻进森林没影了。

科贝尔林迈着坚定的步伐上路了，旁边安娜在紧赶慢赶，她双脚当间儿尘土飞扬。公路越来越窄，在山冈脚下成了一条蜿蜒上山、朝上扎进一片葱绿、逶迤于果树林间的小道。科贝尔林双手插在裤兜里，直勾勾地呆望着，他感到脊梁上一阵痉挛，便再次咬了咬牙。撇开安娜不谈，即使撇开安娜不谈他从来就没喜欢过钻进奥德河沼泽地去散步，可康丝坦泽喜欢，对她来说，自打有了鲁诺夫这地儿，康丝坦泽每天下午一脸幸福地开拔并且带着一脸增强了的幸福返家。“那些山冈，科贝尔林，有时我在想，就数这些山冈了，我觉得它们叫人感到安宁。”

科贝尔林觉得这些山冈令人不安，在他看来这一切太过美丽，过于像是中了魔似的，是塔可夫斯基①式的景色，简直令人毛骨悚然。去年夏天他曾一人去过一趟奥德河沼泽地，在后山一棵树上——他都能看见奥德河了——挂着块肉，一大块肉，几乎一人高，牛或是猪什么的，剥了皮，血糊糊的，已经开始腐烂，苍蝇成群地围着。气喘吁吁爬上山冈的科贝尔林准备看看奥德河，感受感受来着，一下惊呆了，感觉到他的心脏给绊了个跟头。那块肉挂在最上头一根树杈上，绑肉的粗麻绳发出撕拽时特有的嗡嗡声，还打着旋，这看上去就像是幻景，像是幅梦魇图，一条阴森难解的告示。科贝尔林转身飞奔下山冈并且大叫不已。后来呢，康丝坦泽，坐在游廊藤椅上，浑身散发着一股堇菜味，笑笑说：“瞎扯，科贝尔林，是你梦见过这事。”

他们第二天一起去奥德河沼泽地时，那块肉不见了，什么都没了，没了粗绳，没了苍蝇，没了告示，他们不再提这事。

安娜踢着碎石子，又浮出了微笑，还透过牙缝吹起了口哨。

---

① 塔可夫斯基(Andrey Arsenyvich Tarkovsky， 1932—1986)，享誉世界的苏联电影导演。

“你不愿说话，是不是？”

“不，”科贝尔林说，“不愿。”脑子里转着：到底要说啥，还补上一句，一边紧张地从果树中间望过去，那个幻景没出现，要是有的话他什么也不会看见了，安娜也不会。

“这很正常，”安娜说，“我也不愿说什么，常这样。”科贝尔林做出嘲弄惊讶状打量着她，然而她就没搭理他。

路边长着老高老高的末茬庄稼，树木都镶上了黄边儿，空中一群飞鸟排列成三角形，天尽头奥德河在闪闪发光，一座座绿色河心岛组成的一条青色带子断开其间，草场上的空气在颤动回荡。安娜气喘吁吁，把头发在脖颈上编成个髻。

科贝尔林想着一首诗的开头，在奥德河的那一边，在那旷野平川上，大概是这样吧，这是他给安娜当小丑的老爹朗诵过的无数首诗中的一首。当年，就在一夜又一夜荒唐透顶的散步途中，而且就在这片沼泽地里。“听听这首，还有这首”，一种搜肠刮肚似的朗诵，半天憋出个词儿来。科贝尔林跟在安娜后面走，他无法说明这句诗何以听来如此动人心弦——在奥德河的那一边，在那旷野平川上——自己这种表达能力的欠缺叫他难于释怀。“我懂了”，安娜那当小丑的老爹说了，老是那句“我懂了”，可他是不可能弄懂的呀，因为连科贝尔林自个儿什么都没搞明白。他真想一把揪住安娜的发髻，就为这种年复一年的自欺欺人，就为这年复一年本身去教训她一顿、揍她一顿。他真想再掴她一个嘴巴，再重新过一把那些年月。奥德河闪亮耀眼，层层叠叠的平川融成一片绿色的海洋，科贝尔林叫着她的名字，可只是隐隐约约听见自己的声音，安娜转过身，她的红裙撩起一层波澜，科贝尔林闭上眼，感觉要栽倒。

“科贝尔林，还行吧？”

“行，”科贝尔林说，“还行，我只是想回去，现在。”

快到鲁诺夫了，已经看得见公路，拐过弯儿那栋房子就会露出来。安娜轻轻碰了碰他的胳膊，科贝尔林深深喘口气，奥德河在他后面，在山冈后面，远远离去的不安，几乎已忘怀。这大概是他最后一次听她摆布，科贝尔林加快脚步，他想快跑、飞奔，或许还想一展歌喉呢，一种非同寻常的放松感在他体内蔓延开来。

安娜停住脚，说：“科贝尔林，我倒是很想知道，我父亲还有你有什么事儿。我的意思是，我想知道你们俩为什么不再见面，为什么断绝了来往。”

科贝尔林也站住脚并注视着她，她微微含笑，一副受到伤害的样子。“没啥原因，没什么。”科贝尔林奇怪自己还真去答她的话，“我们凑起来了些特棒的日子，后来我们见面越来越少，不知什么时候就再也不见了，可能是他有一些我不喜欢的女人。你呢也大了，他后来更多地照顾起你，是有些我们没澄清的小摩擦，一些争执，我们各自不同地活着，我觉得，就这些，没什么戏剧性的事件，没什么大不了的事儿。”

安娜转身顺着草径朝公路走去，她走得很快，科贝尔林跟在她后面跑，想要喊声：“生活不是演戏，安娜！”他不知道她是否能听见他的声音，她在飞奔。

晚上科贝尔林和康丝坦泽一起坐在游廊上，安娜和基弗又去了奥德河沼泽地。他们是一起吃的饭，科贝尔林喝了三杯葡萄酒，他感觉到膝盖还有腹部酒力在发作，李子树上笼罩着一群蚊子，康丝坦泽向空中吐着烟圈。

“我希望马克斯绝不去干这档子事儿，我不只是希望，我压根儿就不愿这样。”科贝尔林开了腔，看也不看安娜，朝李子树上、花园黑洞洞的地方望去。

“什么，”康丝坦泽慢吞吞地说，“什么——绝不去干？”

“就是安娜在这儿干的，”科贝尔林说，听得出他嗓音中那股不能自持的倔劲儿，“就是她在这儿冒出来干的事儿，出其不意还找上一个借口。我可不愿马克斯长大后挽着个轻浮的女子在安娜的老爹那儿冒出来，还说——嘿，当小丑的老爹！”科贝尔林提高了嗓音，像猴儿一样学着安娜的样子，“嘿，当小丑的老爹，我们能在你这儿待上个把天吗？就几天，没什么特别的，就这么闲待着，再就是随便什么时候你还得给我说说你当年为啥跟我老爹断了朋友交情。”

康丝坦泽笑了，从嘴里弄出来个大大的烟圈，烟圈沿水平方向滑行、消散。“瞎扯什么，科贝尔林，马克斯根本就不认识安娜的父亲，想必你什么也不会跟他讲，而且马克斯大了的话，安娜的父亲恐怕都不在了。”

第二天早上康丝坦泽和马克斯在厨房冲着开大音量的收音机唱歌，科贝尔林在他们和播音员交杂在一起的声音中醒来，太阳透过窗户，安娜没在房间里，这一夜没做梦。

一个就像书上描写的夏日，科贝尔林寻思，咣当咣当地下了楼，使劲拉开厨房门，马克斯挨桌坐着，满嘴抹的都是鸡蛋，一副欢天喜地的样子，康丝坦泽站在炉台旁，面部逆光成了个剪影，她没往上看，对着收音机还在唱，说：“早上好，科贝尔林。”

“早上好。”科贝尔林说，往外朝花园、游廊、拿破仑高地张望，忙不迭地说：“他们呢？”

烧水壶发出吱吱声，康丝坦泽关上煤气，说：“已经走了，安娜还想赶在热起来之前到一个湖边上去。”

科贝尔林过去关掉收音机，厨房静了下来。“怎么回事？搞不懂，他们干吗就走了？”

康丝坦泽把开水灌进咖啡过滤器，一张神经都麻木了的脸拉得更长。“人家可不想把你又给弄醒了，科贝尔林，不想滥用你的好客，懂了吧。他们给我们留下他们在柏林的地址，盼着我们去看他们，秋天时。”

科贝尔林朝马克斯愣怔着眼，马克斯愣怔地看着他，也不去管他吃鸡蛋的匙子慢慢掉到桌上。科贝尔林感到胃里一抽，像是受到一种巨大的侮辱，他打开通往游廊的门，用左手捅穿门楣上的蜘蛛网。夏天尾巴，他说：“要是我们秋天回到柏林，那两人肯定不在一块儿了。”唯一一句他想起来的、可怜巴巴的侮辱人的话，康丝坦泽没搭茬儿。

译后记

一九九九年对德国文坛具有特殊意义，在二十世纪终结之年，德国文学新世纪的开端提前到来：延宕多年之后，君特·格拉斯实至名归地获得诺贝尔文学奖；以此为标志，德国文坛春潮涌动，大众媒介一片对文学“大觉醒”的欢呼，其成就着实令人刮目相看，这其中，“捷报”“叙述艺术的年轻狂徒”“君特·格拉斯的继承者”乃至“未来的诺贝尔文学奖得主”等说辞纷至沓来、不绝于耳。这类对德国文学未来充满信心的预言并非一厢情愿，或仅仅是“格拉斯效应”使然。文学作品在德国有广泛的读者基础，仅以一九九九年德国图书市场为例，在 80 799 种出版物中，有 12.4%是文学类书籍①。一大批脱颖而出的新锐作家吸引着庞大的读者群。这些新人年纪虽轻，却已显现大师风范②，书店往往对其作品独辟专架，以

---

① 参考柯乐迪(Claudia Kaiser)《德中版权贸易：蜜月旅行已经启程》，《中国图书商报》，2000 年 8 月 25 日。

② 如托马斯·布鲁西格(Thomas Brussig)，主要作品有以冷战终结、柏林墙倒塌为直接题材的《英雄如我辈》(*Helden wie wir*)，描写德(转下页)

展示新一代作家的傲人成果。值得关注的是，这批作家不仅大多相当年轻，有的甚至极为年轻①，而且其作品既获得专业评论家肯定，也赢得了广大读者的青睐。纯文学类作品在德国初版印数至多不过五千本的常规被打破，发行量迅速突破十万册的作家不乏其人。影剧院也纷纷上演他们的作品②。一时间，真可谓形成了另类“大风起兮云飞扬”的局面，君特·格拉斯终于有了一批年轻作家承其志业。

在一片欢呼声中，德国当代文学揭开了新的一页，其标志性的变化在于，这批人异其趣的作家和作品不仅以年轻、新颖为其共同点，作品内容也发生了引人注目的变化，他们处理的题材未必再与犹太大屠杀等有关，而是对德国当代发生的事件及其蕴涵的意义和启示给予更多关注和探索，而这一切与德国二十世纪的历史并非没

(接上页)国统一前夕东德青少年爱情生活的《太阳大道较短的那头》(*Am kürzeren Ende der Sonnenallee*)；英果·舒尔策(Ingo Schulze)，主要作品有描述德国统一后一些事件的短篇小说集《平凡的故事》(*Simple Stories*)。在君特·格拉斯心目中，两人皆为德国文学的新希望。

① 如本雅明·莱贝特(Benjamin Lebert)在出版其大获成功的《狂飙少年》(*Crazy*，又译《疯狂》)时年方十六，这部讲述寄宿学校学生青春期心理的作品短时间内即销售十八万册，他以几近成熟的自嘲口吻讲述了新新人类无所顾忌的成长经历。

② 如1999年底由布鲁西格的小说《英雄如我辈》和《太阳大道较短的那头》改编的电影。

有关联。当二战前和二战期间出生的作家——如莫妮卡·马隆、马丁·瓦尔泽、克丽斯塔·沃尔夫等——尚在孜孜不倦地致力于历史回顾和对德意志民族心理状态的反思时，众多一九六〇年以后出生的作家似乎能够摆脱这种负担，摆脱二十世纪上半叶在德意志大地上被打开的潘多拉之盒遗留下来的众多顾忌和羁绊。而上世纪六十年代，正是这种顾忌和约束使阿多诺说出“奥斯维辛后写诗是野蛮的”的重话。与老一代作家背负历史的沉重相反，新一代作家自视为新的文学的后继者，他们重新发现了叙事艺术，重拾了对自己语言的信心，而这种信心是战后成长起来的那一代人所缺乏的。他们并不惧怕“陈词滥调”和丰富的感情，对好的故事兴趣盎然并且没有任何顾忌地讲述充满幻想的故事，从而满足了当代人的需求，满足了读者不分时代追求美好故事的阅读欲望。难能可贵的是，新一代作家对他们的前辈及其传统知之甚深，这一点提高了他们作品内涵的密度。他们的文字特色鲜明、比喻丰富，写作技巧高妙，布局精心铺陈、读来引人入胜，艺术风格多姿多彩，使德国当代文学重新成为国内外广泛谈论和关注的话题。

秉承无所顾忌的精神、以面向未来的姿态着力把握当代社会与人的精神层面，是新一代作家产生强烈社会反响的重要原因，也构成了解析当代德国文学旺盛人气的重要切入点，这在纵横德国文坛、形成不小声势的“娘子军奇迹”①——评论家以此谑称不纯写女性小说的女性作家群——的领军人物尤迪特·海尔曼身上表现得尤为突出，其作品从一个侧面典型地反映出上述德国文坛的特征。这位当代德国文学焦点人物一九九八年十月以短篇小说集《夏屋，以后》②(*Sommerhaus*, *später*)亮相法兰克福书展时，文学界还从未听说过作者的名字，然而仅一个月后，“文学四重奏”③就对这位二十八岁新人做出强烈反应，当代德国文学评论界权威赖希-拉尼茨基兴奋地宣告：一位“杰出的女作家”出现了；著名评论家赫尔穆特·卡拉塞克认为能从书中倾听到“新一代极其令人忧伤的声调”④；德国《时代周报》称赞：“这是一部令人惊叹的高品位作

---

① 德文为Fräuleinwunder，以该词所含时间概念应译为“妙龄女郎奇迹”更为贴切。用来泛指年轻成名的女作家群体。“奇迹”圈内有尤迪特·海尔曼、佐薇·燕妮(Zoë Jenny)、卡伦·杜弗(Karen Duve)、尤利雅·弗兰克(Julia Franck)、塔雅·迪克尔斯(Tanja Dueckers)、阿莱克萨·海妮希·封·郎格(Alexa Hennig von Lange)、洁妮·艾彭贝克(Jenny Erpenbeck)等。其中杜弗的《雨小说》(*Regenroman*)以一种乐在其中的冷酷手法描写人物衰腐的现象以及他们彼此的关系，无才也无个性的主角雷昂更是集所有令人憎恶的男性特质于一身。佐薇·燕妮的《花粉屋》(*Das Blütenstaubzimmer*)、《海螺之声》(*Der Ruf des Muschelhorns*)已译成中文。

② 本书原译名。——编者注

③ 由德国电视二台定期举办、四位著名文学评论家参与的文学评论论坛，领衔人物为当今德国文学评论界素有“教皇”之称的马塞尔·赖希-拉尼茨基(Marcel Reich-Ranicki)，赫尔穆特·卡拉塞克(Hellmuth Karasek)也是成员之一，该论坛具有广泛而权威的影响。

④ 《夏屋，以后》，德国菲舍尔出版社1998年版第194页。

品……一部卓越的初次登台亮相的作品，它预示着巨大的希望。”由此该书一炮打响，四年中印刷十次，销售逾二十五万册，并译成十七种文字。海尔曼本人巡回全国，在各地挤得水泄不通的大厅里朗读自己的作品。一九九八年她获不来梅市文学提携奖，一九九九年获胡戈·巴尔奖、鲁道夫·亚历山大基金会奖，二〇〇一年获德国文学界享有盛誉的大奖——克莱斯特奖。以唯一一部作品(更何况篇幅不大)获克莱斯特奖在德国文坛可谓绝无仅有，当人们翘首以待，盼望她第二部作品带来更多惊喜时，海尔曼提供的却是近五年的沉默。这是一段令德国读书界忐忑不安的时间：一方面，施莱尔马赫①的断言——“如果只有唯一一部作品赋予一位作者，而他不再有另外一部作品的话，那么他是不是这么一位或那么一位人物则是完全无关紧要的”——像魔咒一样让人不敢掉以轻心；另一方面，这句名言的现实注脚着实让人心惊肉跳：第二部作品的失败会连累第一部作品随之贬值，这种情形在罗伯特·施耐德②身上发生了；甚至“娘子军奇迹”成员佐薇·燕妮在其大获成功的《花粉屋》之后也为她下一部作品领到了毁灭性的评论。历史和现实都在

① 弗里德里希·施莱尔马赫(Friedrich Schleiermacher，1768—1834)，德国哲学家、神学家、古典语言学家。对普鲁士宗教文化影响重大，被公认为是现代新教神学的缔造者。

② 罗伯特·施耐德(Robert Schneider，1961—)，奥地利作家。其第一部长篇小说《睡眠兄弟》(*Schlafes Bruder*)曾获广泛好评。

告诫人们：只有第二部作品才能让一位作家真正成为作家。二〇〇三年，尤迪特·海尔曼终于出版第二部小说集《除了幽灵，别无他物》(*Nichts als Gespenster*)，结果评论界响起的又是一片哈利路亚声！《法兰克福汇报》赞叹它具有“难以抵挡的魅力”，《明星》杂志则冠之以“一部了不起的书”。一切担心都显得多余，该书初版印刷十万册，名列《明镜》周刊和《焦点》杂志畅销书排行榜第一名。随着第二部作品的成功，尤迪特·海尔曼作为优秀作家的地位得到确认，整个德国读书界，包括最冷静的评论家，几乎无一例外地加入到对她赞赏的合唱中，这位年轻女作家再次成为德国文学评论界的宠儿。

海尔曼的作品为何让向来理性有余、激情不足的德国人如此心潮起伏，不能自持？对此，作家的一段自白可作为探索的起点。在一次接受媒体采访中她曾说，在她所有小说中都有一种自传的内核，她认为自己尚不能去想象和虚构出一些东西，相反，她的写作是一种遵循着自身生活的写作，还得依赖于她的亲身经历和亲耳所闻。这段话表明，她本人与她笔下人物具有高度亲和性，这一创作特点决定了她的身世在其作品的解读中占有不可忽视的地位。与评论界推崇、媒体追捧的当红作家形成强烈反差，现实中，出道前的尤迪特·海尔曼并非那么光彩照人，相反，她反复强调“没有作为作家的身份感”，“没有感觉自己是个作家”，甚至“在赞誉声中有一种婚姻骗子的感觉”。[1]这种几近刻薄的自我贬低并非完全是自嘲、大度或谦谦君子风范。生活中的她虽出身柏林知识分子家庭，却是个按世俗标准徘徊在失败边缘的小人物：中学毕业后随乐队(Poems for Laila)各地穿行，协助处理乐队财务事宜，二十一岁时与该乐队歌手在拉斯维加斯结婚，虽然她早已与该歌手分手并与男友在二〇〇〇年生子(这也是她第二部作品迟迟未出的原因之一)，但从法律角度讲与那位歌手还保持着婚姻关系；她所从事的诸如钢琴、日耳曼学、哲学学业均无果而终；她成名前在柏林一家酒吧做服务生；她最后报名在一所记者学校学习，是因为她想最终完成一件事，该校学制仅一年半，这望得到边的截止时间令她产生了并不多见的进取精神；虽然拿到了这张更多属于培训性质的文凭，但成绩却令人不敢恭维，因为新闻写作的要求与她文字所具有的谜一样的格调大相径庭；完成学业后本应申请一个固定职位，但她发现自己根本不愿做这档子事，所以只是业余为电台工作……迷惘、没有明确目标，正是在这种迷失方向的情况下她开始了写作，而且不知不觉地陷了进去，最后在她的发现者——女作家莫妮卡·马隆的鼓励下从幕后走向了前台。

---

① 选自对尤迪特·海尔曼的访谈录《我这一代——到底意味着什么?》(*Meine Generation—was ist das eigentlich?*)，《法兰克福周日新闻报》，2003年1月19日。

一张这样的履历表使人不由想起了契诃夫笔下那些萎靡不振、多少有些灰溜溜的“当代”小人物，事实上评论界立刻在她的作品中发觉了这种“契诃夫倾向”。《焦点》周刊在评论《夏屋，以后》时指出：“尤迪特·海尔曼格调雅致，尽管有一种更多的是传统的外部特征，却又是如此令人信服的现代，以致让人觉得书中似乎是契诃夫的曾孙女在描写着处在新千年门槛上的柏林人的心理状态。”①的确，这位当年的新闻专业学生给读者发来的是来自没有成功的世界的资讯，反映的是众多人物懒散地徜徉其中的浮世绘。在他人崇拜成功、追逐成功时，她却冷静地，带着一抹淡淡的忧伤，抑郁地描写了种种生活设计的失败。她所寻找的是那些不重要的、细小的情形和瞬间；关注的是临时凑合、混乱不堪的人物，而她本人就长期像这些作品中的人物一样生活过；她只关心自己的事情，并不顾及他人对此作何评论，在作品中她的生活、她的朋友圈子起到了重要作用。正因为她对这类人物了如指掌，所以她能驾轻就熟地揭示他们生活的真相，在这一过程中她丝毫没有流露出进行道德评判、是非取舍之类的说教倾向，而是始终把握着点到为止的“度”。那种把深渊探个究竟、把隧道照个透亮的做法并非她所求。她所需要的，是充满理解和宽容地接受人的灵魂有缺失的构

① 德国《焦点》(*Focus*)杂志1998年第46期。

成。因为她了解，她和他人一样背负着自己的十字架。某种意义上，她在陪作品中的人物走一段他们选择的人生道路。她从事写作，部分是源自强烈的生活感受、实施自我心理治疗的行为。这构成了作品人物与读者没有距离感，那些想在作品中寻找自己身影的人感同身受、产生共鸣的原因。

尤迪特·海尔曼作品的主题始终围绕着爱情和事物的暂时性，围绕着对尚未体验过的生活、对遭受挫折的生活的恐惧。她讲述的故事并不激烈、喧闹，但也不能令人感到愉快或轻松。她所描述的都是从正常生活轨道上稍稍偏离出去(绝非彻底抛甩出去)的现代人的生活片段，没有不幸，但绝非幸福，全篇透露出一种淡淡的悲哀。这种悲哀述说的不是未曾获得或不可能获得的东西，而是尚未获得的东西。这是一些没有作为的人的故事，他们或独居，或与人同居多年，或可能成婚——但他们无一例外地都找不到“北”，他们的爱情还都是虚位以设，都是——可能是——一种回忆或一种期待，但绝非可完全信赖、把握十足的东西，它既非占有，亦非履行义务，说不清、道不明，若即若离，隐约中能感觉到它的存在，但就是抓不到手。这些人物感觉到时间如何从他们身旁消失，然而所有人又感到他们的生活不是在当前，而是在回忆和想象中进行，爱情和暂时性不过是一个事物的两种说法。对他们而言，生活中没有什么值得加以关注，他们只是让自己被动地，或者以旁观者的身份游戏般地、并不认真地介入生活的进程中去。

这类人物带有明显的时代印记，其心灵构造正是海尔曼所要塑造和描绘的同龄人的基本特征：他们作为战后德国“经济奇迹”中出生的一代，从富裕儿童长大成人，在过惯了衣食无忧的好日子之后又必须在竞争日趋激烈的社会(气氛)中给自己找到出路，给自己的未来理出头绪，然而没人给他们做出准备，这一点暴露出了他们的内心世界。她让作品中的人物在一种生活中承受痛苦，而这种生活被误认为没有理由去忧郁不安。表面上这些三十岁上下的人拥有他们想拥有的一切，他们对自己生存的社会乃至整个世界了如指掌，而实际上这恰恰造成了一种极其微妙的、难以捉摸的绝望感，一种未达目的的感觉，所以他们感到无计可施，感到不幸是他们命运的一部分，正是这种原因构成了海尔曼作品的基调：迷惘、失落、难以名状的渴望，有些人物渴望着一种灾变、一种死亡，作为唯一有意义的事件，作为他们存在的证明；有些人则无精打采、麻木不仁地面对生活中的一切。这些人搞不出什么名堂来，而问题的关键在于他们根本就不想有什么名堂。也正因如此，海尔曼作品中的人物大多犹豫不决、不善交往，甚至不知道明天干什么。他们找不到爱情，喜欢偶然性的、不固定的东西，在某处聚首片刻，经历点什么或什么也没有经历；一人独处，去体验幸福或不幸的不定感情。这些人物的故事充满着离奇巧合，无关大局的逃避，未能抓住的机会，挫败了的生活规划，他们混乱地、晕头转向地、梦游般寻求着种种活动(包括吸毒)，他们梦想得到的是如此之多，却又不知实际中是怎么一回事，他们缺乏意志和毅力，没有热情地过着一种生活，一种不同于他们所希望的，但又不能另外加以设想的生活。

尤迪特·海尔曼将这一系列人物的特征在小说集《夏屋，以后》中通过截取他们的若干生活片段，以一种简洁、冷静，似乎无动于衷的口吻加以再现。《索尼娅》中的男主人公是个高傲自大的年轻画家，他沾沾自喜地发觉一个固执倔强的姑娘索尼娅在接近他，虽然他觉得她并不特别吸引人，但仍然享受着同她在一起的时光，最后却出于胆怯，去灾避祸似的匆匆与原来的女友结婚；在与索尼娅分手时还表现出了施虐狂：“我想看她失去控制，看她呼天抢地，喊个没完可能还会来打我什么的。”然而，多多少少有些变态的男女主人公一旦脱离自我满足的生活，便回归不了常态，高傲自大和强迫型神经官能症相遇却不相知，剩下来的，只有莫名的忧郁。《飓风》叙述两个年轻女子在加勒比海岛上度假的最后几天，即将到来的热带风暴给小说叙述的以自我为中心的爱情投下了阴影，她们中的一个在分手之夜才决定投入爱情冒险游戏中，小说与其说是叙述爱情，不如说是在叙述对爱情的想象，而并非真有所求地期待爱情。作者的暗示值得玩味：小说中电台虽不断发出警告，飓风最终还是放过了这个岛屿，这可以看作海尔曼故事中的典型世界——这里叙述的不是不得了的灾难，而是一些有惊无险、最终会擦身而过的事变。《红珊瑚手镯》中“我”这个叙述者的所有努力，就是将她男朋友和叙述者本人拽进一则涉及爱情和背叛爱情的童话般的故事，没有任何结果也不可能有什么结果。人们还能指望什么，假如男主人公——一个昏沉沉、空荡荡、乏味苍白的人物——“整天就躺在床上，冷漠加沉默，感觉糟透了”，只会诉苦似的喋喋不休“我对自己没兴趣”，女主人公所表现出的纵情和恶作剧可以看作是对这种百无聊赖现状的逃避、解脱，或暂时的调节。《在奥德河的这一边》叙述一位心力衰竭的艺术家躲进奥德河畔远离尘嚣的田园风光中，两个身无分文的年轻人兀自闯来，搅乱了一池静水，主人公在“凡事有好有坏，就这么活吧”的生活现实或曰生活哲理中一步三回头。这部集子的标题小说《夏屋，以后》中，女主人公有意识地忽略或放过爱的存在，男主人公独居于他买下的破败荒凉的古宅中，因为爱无着落，将房子付之一炬后离去，没给任何人留下联系地址，这种劲头同样叫人多少产生“于无声处听惊雷”之感。透过两种不同表现形式的不负责任的、以自我为中心的、自私的行为，人物的核心成分及特点得到强化和彰显：没有什么排除在外，一切皆有可能；从不稳定下来、从不一成不变是尤迪特·海尔曼这部小说集中所有人物行为处世的圭臬，也是他们的幸福所在。

失败、失落、失魂的经验；不确定、不可名状的渴求和欲望；迷惘、彷徨、无望、忧伤……这一切看似虚无飘渺，实则刻骨铭心的情感描述构成了《夏屋，以后》全书的基调。这种基调是挽歌体的，似乎没有什么能令作者惊异，正因如此也没什么必须加以谴责。作者所描绘出的这幅贫乏苍白感情的静物写生，“几乎是对德国整个一代人的状况和情绪的表达”①这一出自当今德国最具权威的文学评论家的论断，部分解释了尤迪特·海尔曼的作品产生巨大反响的原因，同时构成了解读其作品的一个重要参照点。在她笔下，历史的沉重让位于个人心灵的沉重，她让新一代人登台亮相、张口说话。“新”之所在，源自他们无拘无束，随便自然，不抱幻想，冷静现实，没有多大期待地走自己的路；源自他们并不因没有父辈信仰过的远大理想和乌托邦而自惭形秽或不自在；源自作者对这类现代人所表现出的种种不完整性和他们对事物短暂易逝的感受的描写，在这种意义上，尤迪特·海尔曼表达出了一代人的生活感受，拨动了一代人的心弦。当然，她的视野并未局限于德国的青年一代，在她笔下，也有着寄身异域冰天雪地中的巴厘岛女人和纽约贫民公寓里孤独的老人。冷静的笔触后面，可以感到作者悲哀而无奈的目光。

① 赖希-拉尼茨基语，《法兰克福周日新闻报》，2003 年 2 月 16 日。

在尤迪特·海尔曼所描述的种种当代人的不安情绪中，读者会在平铺直叙中领会到渗透其中的人生感悟，几多思恋，几多哀愁。平淡无奇中，让人感到人生的悲哀：到处都是一个样子，人在天底下都过着同样的生活，物质生活的富足带来了便利和享受，但并未带来人们渴望的幸福和心灵的平静安慰，幸福在哪里？人们启程找寻幸福，一次又一次，锲而不舍，恐怕我们就像尤迪特·海尔曼在访谈中用以自况的西绪福斯一样[1]，过程就是目的，因为我们要达到的目的根本就不存在，或者难以持久存在；或者正因如此，人类才有了孜孜以求的动力去追求探索，或者……

任国强

二〇〇六年十月八日于北京

---

① 参见对尤迪特·海尔曼的访谈录《我这一代——到底意味着什么？》，《法兰克福周日新闻报》，2003 年 1 月 19 日。

读书人

SHORT CLASSICS
短经典精选

短经典精选系列

走在蓝色的田野上
〔爱尔兰〕克莱尔·吉根 著 马爱农 译

爱，始于冬季
〔英〕西蒙·范·布伊 著 刘文韵 译

爱情半夜餐
〔法〕米歇尔·图尼埃 著 姚梦颖 译

隐秘的幸福
〔巴西〕克拉丽丝·李斯佩克朵 著 闵雪飞 译

雨后
〔爱尔兰〕威廉·特雷弗 著 管舒宁 译

闯入者
〔日〕安部公房 著 伏怡琳 译

星期天
〔法〕伊莱娜·内米洛夫斯基 著 黄荭 译

二十一个故事
〔英〕格雷厄姆·格林 著 李晨 张颖 译

我们飞
〔瑞士〕彼得·施塔姆 著 苏晓琴 译

时光匆匆老去
〔意〕安东尼奥·塔布齐 著 沈萼梅 译

不中用的狗
〔德〕海因里希·伯尔 著 刁承俊 译

俄罗斯套娃
〔阿根廷〕比奥伊·卡萨雷斯 著 魏然 译

避暑
〔智利〕何塞·多诺索 著 赵德明 译

四先生
〔葡〕贡萨洛·曼努埃尔·塔瓦雷斯 著 金文彭 译

房间里的阿尔及尔女人
〔阿尔及利亚〕阿西娅·吉巴尔 著 黄旭颖 译

拳头
〔意〕彼得罗·格罗西 著 陈英 译

烧船
〔日〕宫本辉 著 信誉 译

吃鸟的女孩
〔阿根廷〕萨曼塔·施维伯林 著 姚云青 译

幻之光
〔日〕宫本辉 著 林青华 译

家庭纽带
〔巴西〕克拉丽丝·李斯佩克朵 著 闵雪飞 译

绕颈之物
〔尼日利亚〕奇玛曼达·恩戈兹·阿迪契 著 文敏 译

迷宫
〔俄罗斯〕柳德米拉·彼得鲁舍夫斯卡娅 著 路雪莹 译

奇山飘香
〔美〕罗伯特·奥伦·巴特勒 著 胡向华 译

大象
〔波兰〕斯瓦沃米尔·姆罗热克 著 茅银辉 易丽君 译

诗人继续沉默
〔以色列〕亚伯拉罕·耶霍舒亚 著 张洪凌 汪晓涛 译

狂野之夜：关于爱伦·坡、狄金森、马克·吐温、詹姆斯和海明威最后时日的故事（修订本）
〔美〕乔伊斯·卡罗尔·欧茨 著 樊维娜 译

父亲的眼泪
〔美〕约翰·厄普代克 著 陈新宇 译

回忆，扑克牌
〔日〕向田邦子 著 姚东敏 译

摸彩
〔美〕雪莉·杰克逊 著 孙仲旭 译

山区光棍
〔爱尔兰〕威廉·特雷弗 著 马爱农 译

格来利斯的遗产
〔爱尔兰〕威廉·特雷弗 著 杨凌峰 译

终场故事集
〔爱尔兰〕威廉·特雷弗 著 杨凌峰 译

令人反感的幸福
〔阿根廷〕吉列尔莫·马丁内斯 著 施杰 译

炽焰燃烧
〔美〕罗恩·拉什 著 姚人杰 译

美好的事物无法久存
〔美〕罗恩·拉什 著 周嘉宁 译

魔桶
〔美〕伯纳德·马拉默德 著 吕俊 译

当我们不再理解世界
〔智利〕本哈明·拉巴图特 著 施杰 译

海米的公牛
〔美〕拉尔夫·艾里森 著 张军 译

对不起，我在找陌生人
〔英〕缪丽尔·斯帕克 著 李静 译

爱因斯坦的怪兽
〔英〕马丁·艾米斯 著 肖一之 译

基顿小姐和其他野兽
〔安道尔〕特蕾莎·科隆 著 陈超慧 译

在陌生的花园里
〔瑞士〕彼得·施塔姆 著 陈巍 译

初恋总是诀恋
〔摩洛哥〕塔哈尔·本·杰伦 著 马宁 译

美好事物的忧伤
〔英〕西蒙·范·布伊 著 郭浩辰 译

一切破碎，一切成灰
〔美〕威尔斯·陶尔 著 陶立夏 译

纵情生活
〔法〕西尔万·泰松 著 范晓菁 译

命若飘蓬
〔法〕西尔万·泰松 著 周佩琼 译

爱，趁我尚未遗忘
〔海地〕莱昂内尔·特鲁约 著 安宁 译

水最深的地方
〔爱尔兰〕克莱尔·吉根 著 路旦俊 译

石泉城
〔美〕理查德·福特 著 汤伟 译

哥哥回来了
〔韩〕金英夏 著 薛舟 译

他们自在别处
〔日〕小川洋子 著 伏怡琳 译

恋爱者的秘密生活
〔英〕西蒙·范·布伊 著 李露 卫炜 译

在奥德河的这一边
〔德〕尤迪特·海尔曼 著 任国强 戴英杰 译

当我们谈论安妮·弗兰克时我们谈论什么
〔美〕内森·英格兰德 著 李天奇 译

死水恶波
〔美〕蒂姆·高特罗 著 程应铸 译

一个自杀者的传说
〔美〕大卫·范恩 著 索马里 译